LE GOÛT DU LARGE

Nicolas Delesalle

LE GOÛT DU LARGE

PRÉLUDES

Préludes est un département de la Librairie Générale Française.

ISBN : 978-2-253-10776-7

Pour Lilla et Zélie.

« Il meurt lentement celui qui ne voyage pas. »
Pablo Neruda

JOUR 1

D'ANVERS AU RAIL DE LA MANCHE

Hier soir, Ramis m'a souri du haut de l'échelle de coupée et je suis monté à flanc de cargo. Je n'avais pas l'impression de grimper à bord du *MSC Cordoba*, porte-conteneurs allemand sous pavillon libérien, équipage philippin, mille six cent vingt-neuf boîtes multicolores empilées sur le pont, de la rouille, de l'iode, du sel, de la solitude, j'avais juste la sensation de quitter le monde connu pour entrer dans un rêve de gosse aux contours flous.

Le temps : tout était là, dans ces cinq lettres, cette simple syllabe. J'allais soudain en être riche, ne plus courir après, le nez rivé sur l'ordinateur, le téléphone. Pendant neuf jours, j'allais devenir un milliardaire du temps, plonger les mains dans des coffres bourrés de secondes, me parer de bijoux ciselés dans des minutes pures, vierges de tout objectif, de toute attente, de toute angoisse. J'allais me gaver d'heures vides, creuses, la grande bouffe, la vacance, entre ciel et mer.

J'ai suivi Ramis dans les coursives du château, recouvertes de lino bleu turquoise. Il a vérifié mon passeport, mon certificat médical et m'a fait signe de grimper avec lui jusqu'au pont F. Les escaliers sentaient la Javel et tout était vide. Chacun des vingt et un membres d'équipage vaquait à ses occupations, mais pour moi, c'était déjà un bateau fantôme, un navire hors du temps et des hommes. Je suis enfin entré dans ma cabine monastique. Je l'imaginais plus étroite, moins confortable. Des meubles en contreplaqué y encadrent un espace simple rendu douillet par la présence d'une moquette dodue à l'étrange motif écossais. Des posters lambda encadrés au mur donnent au lieu un air impersonnel d'appartement de station de ski ou de salle d'attente. Une salle d'attente. Une salle d'ennui. Une salle d'écriture. C'est bien ce que cette cabine symbolisait pour moi.

Le soleil est tombé au loin entre les deux cheminées de la centrale nucléaire du port industriel d'Anvers, près d'un champ planté d'éoliennes. À travers les hublots de ma cabine, j'ai observé le spectacle extraordinaire du chargement. Trois portiques hauts comme des immeubles de vingt étages nourrissaient le ventre du navire, en laissant glisser vers le sol des filins de métal torsadés au bout desquels des mains mécaniques et crochues agrippaient un par un les conteneurs pour les remonter à toute vitesse et les déposer sur le cargo avec une facilité déconcertante.

C'était un jeu de Lego géant, un Tetris colossal, des pièces de vingt tonnes volaient comme des mouettes graciles.

Sur les jetées immenses, à côté des cargos avachis, grouillaient d'étranges créatures à huit roues, moins des véhicules que des insectes de métal jaune aux longues pattes élancées qui parcouraient des dizaines d'hectares de conteneurs empilés en clignotant de tous leurs feux pour choisir la bonne boîte, l'emporter et la donner en offrande au *MSC Cordoba*, jamais repu. Le même spectacle se jouait sur la jetée d'en face et sur celle d'après. Tout autour de ma cabine, ce n'étaient que grues, bigues, liners, rouliers, tankers, vraquiers, remorqueurs, fret, conteneurs, élévateurs, cavaliers, palans, palettes, dragues, silos, darses, ferrailles et pas un homme visible. Mais partout des mots nouveaux ou fantasmatiques qui organisaient un chaos titanesque avant le grand large.

Le ballet se jouait dans des bruits de poulies, de métal choqué, de klaxons et de sirènes sous les halos jaune d'œuf des lumières du port marchand. Je me suis allongé sur mon lit, j'ai branché mon casque sur mon smartphone et je me suis endormi vers 22 heures en écoutant « L'Océan » de Dominique A, moi qui ne me couche jamais avant deux heures du matin. Je crois que j'étais en état de choc, sidéré par le gigantisme du navire et du port et puis par tout ce temps qui s'entassait soudain devant moi.

Je me suis réveillé quand le cargo s'est éloigné de son quai, à 3 heures du matin. Le monstre de métal était guidé par les bateaux-pilotes du port belge. J'avais la sensation d'être à bord de ma propre vie et de m'éloigner de son cours normal pour une parenthèse fascinante, une cure de déconnexion, ou plutôt une tentative de reconnexion avec la nature, les éléments, et peut-être avec moi-même. Le *Cordoba*, ses 275 mètres de long et ses 60 000 tonnes se sont glissés avec grâce dans une écluse à leur mesure. C'était la dernière étape avant l'océan, le silence et le vent. Plus de téléphone portable, plus d'Internet, plus de réseaux sociaux, plus de femme, plus d'enfant, plus de parent, plus de famille, plus d'ami, plus rien que l'horizon infini, le bourdonnement du moteur, la houle, les odeurs de graisse, de fuel et l'ennui.

Il est 23 heures. Après cette première journée de navigation, j'ai l'impression d'être entré dans un sas de décompression au bout duquel commencera vraiment le voyage. Je vais bientôt naître à la mer. Je suis éreinté sans avoir rien fait d'autre que dormir, manger et écrire. J'ai rencontré une partie de l'équipage. Je suis entré dans la passerelle, la salle de commande, ses cartes marines, ses compas, ses écrans radars, j'ai parlé un peu avec Ruben, le premier officier, « 39 ans, célibataire ». Je me suis miré longtemps dans l'océan. Nous sommes au large de l'île de Wight, à quelques milles de l'Angleterre, sur le rail de la Manche. La mer est noire et menaçante, le vent est fort et le ciel cherche dans la palette des gris celui qui sied le mieux à sa colère. Dans mon lit, je suis ballotté par un doux roulis qui me berce et m'endort. J'avais peur de vomir mes tripes en cas de grosse mer, mais, pour l'instant, la houle me transforme en nourrisson hagard et joyeux.

J'ai longtemps regardé ces boîtes empilées à travers mes sabords. Elles ont été inventées par un Américain dans les années 1950 et, trente ans plus tard, ont envahi les océans. Elles ont changé le monde. Elles ont permis la mondialisation comme l'ascenseur a autorisé l'érection de New York. On dit que 90 % des marchandises échangées dans le monde transitent par cargo. On ne sait jamais vraiment ce qui se cache dans ces boîtes. Elles sont mystérieuses. Elles renferment des produits manufacturés ou des denrées qui ont chacun leur histoire et qui la poursuivront ailleurs, au bout du monde, dans d'autres mains. Demain, je demanderai au capitaine s'il sait ce qu'abritent ses conteneurs.

Je me sens proche de ce cargo, je devine qu'il est vivant, à sa manière ; il cache une âme sous cet acier rongé par le sel marin et repeint mille fois. Moi aussi, je suis rongé et repeint mille fois. Et moi aussi, je suis venu avec des boîtes. Le chargement a duré toute une vie. Je sais pertinemment ce qu'elles contiennent, mais j'ai envie, j'ai besoin de les rouvrir pour partager ce qui s'y trouve, maintenant, aujourd'hui, au cours de cette parenthèse liquide, sur ce bateau désert en partance pour Istanbul et qui fend la mer noire d'une nuit d'été. Elles sont pleines d'histoires, ces foutues boîtes, des tragédies, des secondes, des angoisses, des larmes, des rires ou des rencontres qui m'ont assez marqué pour que ma mémoire les enferme dans de petits conteneurs rangés au fond de mon crâne par des grues, des portiques et des poulies invisibles. Des histoires multicolores, empilées sur le même homme, comme les conteneurs venus de partout sont empilés dans le ventre du *MSC Cordoba*, ce cargo, ce frère. J'ouvre au hasard une première boîte : Gaza, Indonésie, Estonie. Les souvenirs rejaillissent. Je vois flotter les fantômes de Banda Aceh, je revois la guérite à l'entrée de Gaza, le vieux type engoncé dans sa parka, seul, devant tous les gris de l'univers réunis ce jour-là sur la mer Baltique à Tallinn. Je largue les amarres encore. L'appel du large.

Kairos

Premier souvenir. Premier reportage. Première jambe. « Ma » première jambe : c'est étrange d'en parler ainsi, avec ces mots-là, bizarre de s'accaparer une jambe comme un trophée, mais c'est ainsi qu'elle est restée coincée dans ma mémoire. Elle traînait sur le bord d'un trottoir noirci par le carbone de l'explosion, à deux cents mètres de l'hôtel où j'avais passé une mauvaise nuit et assez loin d'un amas de chiffons et de chair brûlés. Les petites ouvertures invisibles de l'âme par lesquelles transitent les émotions s'étaient refermées automatiquement. Je n'avais aucune habitude de la violence. C'était le troisième attentat suicide de la semaine à Jérusalem. La deuxième Intifada battait son plein. Nous étions en 2002 et le désespoir explosait régulièrement ici ou là au Proche-Orient. J'avais détourné le regard, moins vite que je l'aurais espéré, j'étais monté dans mon taxi et j'avais quitté Jérusalem pour le check-point d'Erez, deux heures de route à travers les reliefs pelés d'Israël, vers la porte d'entrée pour Gaza où je devais retrouver un homme que je n'avais jamais vu, Sliman, seul journaliste israélien de télévision qui continuait à trimbaler son courage dans les territoires occupés. Un Arabe israélien au visage rond, aux yeux pétillants, qui s'ingéniait à couvrir les zones abandonnées par ses collègues.

J'étais sorti du taxi un peu groggy. J'avais marché sur les cailloux brûlés de ce décor de western moderne. Sous le vent tremblaient quelques baraquements en préfabriqué, des pancartes rouillées, une arche en forme de péage d'autoroute, et sur des voies de garage désaffectées, portés en bandoulière, des fusils d'assaut opinaient du canon. C'était à la fin du mois de mars, dans les premières journées du printemps. J'étais un peu désemparé, mais je sentais quelque chose monter au fond de moi. Comme tous les jours depuis dix-huit mois et le début de l'Intifada, le check-point était désert. Autrefois, avant le bouclage complet de la bande de Gaza, des dizaines de milliers d'ouvriers se pressaient ici tous les jours pour espérer gagner un meilleur salaire en Israël. À quelques mètres de moi, trois jeunes soldates de Tsahal discutaient, armées jusqu'aux couettes, près d'un préfabriqué. Elles me lançaient des regards suspicieux. Elles étaient jolies, les cheveux et les yeux très noirs, la peau très pâle, et bizarrement, leurs armes et leurs uniformes les rendaient encore plus sexy. Je m'en voulais d'être ce crétin des plages au regard baladeur, mais c'était plus fort que moi. L'air tiède fouettait mon visage. Je vérifiais dans ma sacoche que je n'avais rien oublié, ni les calepins, ni les stylos, ni mon passeport, c'était un peu mon premier « vrai » reportage. Je vérifiais plusieurs fois l'écran de mon téléphone portable en attendant l'appel de Sliman.

Je ne savais pas du tout ce qui m'attendait. Ce que j'allais découvrir à Gaza et plus tard à Ramallah. La mer bleue comme à Cannes, les plages dégueulasses, la foule, la pagaille, les klaxons, le charme du désordre, les enfants partout et ce vieil homme, au fond de sa boutique, qui ne rêvait pas d'un État palestinien mais voulait devenir israélien : « Israël est une fiancée qui ne veut pas se marier avec nous », souriait-il. Je ne concevais pas du tout quelle leçon de patience et de diplomatie j'allais recevoir en nature, sur le terrain, en regardant un équilibriste, Sliman, évoluer sur sa corde tendue au-dessus d'une herse de fusils M16 et de kalachnikovs. « Tu n'arrives pas à oublier que tu es arabe, Sliman. » « Tu travailles d'abord pour Israël, Sliman. » Les mêmes menaces, insidieuses, venues des deux camps et, en face, Sliman, son sourire, sa plume et son bidon tout rond.

Je regardais en coin les trois jeunes filles armées, j'essayais de prendre la posture que j'imaginais idéale avant d'entrer à Gaza, un peu cow-boy, un peu dur, celui à qui on ne la fait pas, je serrais la mâchoire en plissant les yeux. J'avais sûrement l'air stupide, mais je sentais monter quelque chose en moi.

J'attendais sur les pierres brûlées. Soudain, l'une des trois grâces quitta son poste et s'approcha. Elle me héla d'un ton sec. Je lui fis face de la manière la plus nonchalante possible. Elle me demanda qui j'étais, ce que je fabriquais là, je lui présentai mon passeport, mon ordre de mission, ma carte de presse, j'essayais de sonder dans ses iris les lueurs du jeu, de la séduction, et la jeune soldate baissa les yeux, peut-être intimidée par mon bagou latin. Mais non. Elle lâcha simplement : « Your zipper. » « Votre braguette. » Puis tourna les talons.

Il était 11 heures, nous étions un jeudi. Je souriais en y réfléchissant. C'était l'heure et le jour de la réunion hebdomadaire dans mon journal à Paris. Je hais, j'exècre et j'abominerai toujours les réunions. Avec la guerre, les méchants et le mauvais temps, c'est l'un des objets de détestation les plus partagés, j'en ai conscience, j'aimerais vomir des choses plus originales, le printemps, les fêtes, la nature, mais je la vis dans mes tripes cette allergie. Je perds cinq minutes d'espérance de vie à chaque réunion. La réunion est moins bonne pour ma santé que la cigarette. J'y suis réduit à ma portion congrue : engrenage grippé d'une mécanique qui fonctionne beaucoup mieux sans moi. Chaque fois, je regarde les gens, mes collègues, piégés avec moi autour d'une table blanche dans une salle sans fenêtre, je n'écoute pas les conversations et je me figure une Cène hebdomadaire, un dernier repas, je suis le Christ, je suis Judas, nous sommes tous des Christ et des Judas, nous sommes tous à la fois la victime et le traître et nous crevons tous chaque semaine, ensemble, le jeudi, à 11 heures, avant de ressusciter en sortant de la salle sans fenêtre.

Mais pas ce jour-là. Ce jour-là, je saluais Sliman qui venait d'arriver. Je le suivais vers la guérite israélienne, sous les regards des soldates, et je sentais clairement quelque chose monter en moi. Je signais avec lui la décharge de responsabilité en cas d'« accident » et je parcourais avec lui à pied le no man's land qui séparait sur quelques centaines de mètres le poste israélien du poste palestinien. En chemin, Sliman avait dit : « Non, je n'ai pas peur, de toute façon, il n'y a pas un seul endroit qui soit sûr dans ce pays. »

J'avais bombé le torse. Moi, j'avais peur. J'avais peur, mais cette peur ne me paralysait pas, au contraire, elle me libérait, elle me rendait heureux. Elle me rendait heureux parce que je devinais ce qui montait en moi, je comprenais que c'était une vague et je me sentais à ma place dans ce no man's land en mouvement instable. Pour la première fois, je percevais clairement les contours transparents de cet instant liquide que les Grecs nommaient « *kairos* », un instant en dehors de la courbe du temps, un instant d'inflexion taillé dans un relief, une profondeur, une seconde en 3D dans laquelle je me mouvais librement, en communion avec les pierres brûlées sous mes semelles, les baraquements sales, les fusils d'assaut, l'œil noir des jeunes soldates, les mots de Sliman, l'incertitude et l'inconnu, à ma place, exactement à ma place. J'aimais ce stress, car il m'apaisait, il déchargeait les minutes qui allaient suivre de leur cargaison habituelle et les remplissait de surprises. À ce moment précis, je savais que j'allais essayer de revivre le plus souvent possible cette sensation particulière, cette ivresse sereine, ces torrents calmes dans les veines, comme aujourd'hui, à bord de mon cargo, cet inconnu, sur le rail de la Manche, en regardant le vent éplucher des morceaux d'océan et l'étrave du *MSC Cordoba* glisser sur l'eau.

Au fil du temps, j'ai remarqué que cette sensation si capricieuse nécessite un savant montage d'événements et d'humeurs qui pourraient facilement être représentés par un mécanisme farfelu de Marcel Duchamp. La plupart du temps, rien ne fonctionne comme espéré et je souffre du syndrome du cerf-volant. Je sens le vent souffler au bas des champs, à la lisière des forêts, je me dépêche pour monter le cerf-volant et dénouer l'entrelacs des fils des manettes et, évidemment, dès que je suis prêt, la brise tombe et plus une branche d'arbre ne bouge. J'attends. Il ne se passe rien. Agacé, je range le cerf-volant et, dès que je m'éloigne en bougonnant, le vent se relève et la forêt frissonne.

Kairos

Je souffre du syndrome du cerf-volant quand je me réveille et que je marche pieds nus sur un Lego, quand je me lave les dents avec le dentifrice à la fraise de mes filles, devant une machine à café qui refuse mes pièces, une télévision inconnue dont aucune télécommande ne répond, un itinéraire bis qui m'emmène à l'opposé de ma destination, quand je me fais brûler par la seule méduse de la plage, quand un pigeon défèque sur mon épaule cinq minutes avant un entretien d'embauche et puis quand je m'essaie au surf. Je suis un mauvais surfeur, totalement nul au vrai, un boulet, l'agilité d'un panda géant sur une trottinette, la grâce d'un parpaing en tutu rose, je pars trop tôt, je pars trop tard, mais, parfois, quand par un hasard miraculeux je suis allongé sur une planche devant une plage des Landes et que je devine que la prochaine vague sera la bonne, un processus s'enclenche dans mon cerveau, un mini-Gaza vient irriguer mes synapses et la vague symbolique du *kairos* devient réelle. Chaque fois, j'avale des litres d'écume avant d'atteindre cet instant, ce moment béni, ce bonheur organique, un lieu autant qu'une seconde, mais, quand le rouleau commence à m'emporter, quand je prends de la vitesse sur la montagne liquide qui se dirige droit vers les dunes, quand tout vacille, la vague, la planche, moi sur la planche, quand tout est à sa place, alors je me sens prêt, mon cerveau gicle et je jaillis. Je jette mon pied gauche vers l'avant, mes bras s'écartent pour équilibrer la répartition des masses et je dévale le mur d'eau. Ma position n'est sans doute pas très orthodoxe, je serai sûrement emporté dans le bouillonnement des vagues très bientôt, mais je m'en fous, je m'en fous complètement, je sais juste que je suis exactement à ma place, exactement au bon instant. Sur la vague.

Des fantômes

Si Antoine, torréfacteur français de haute volée, voyait quel genre de jus de chaussette infâme et bouillant on sert en guise de café à bord du *MSC Cordoba*, il tomberait en dépression et sauterait à la mer en refusant de s'agripper aux bouées de sauvetage lancées par l'équipage.

Avec Ian, un photographe malaisien, nous avions suivi ce drôle de zigoto en Indonésie en 2013. Il recherchait le meilleur café du monde. On se moquait de lui en le surnommant « El gringo », mais on le recherchait avec lui ce fichu café parfait, et on était encore loin de l'avoir trouvé. Ce soir-là, on venait juste de se cogner vingt heures de route en trois jours sur l'île de Sumatra. La veille, la France avait perdu 2-0 contre l'Ukraine le match aller des barrages pour accéder à la Coupe du monde de foot. Ce n'était pas un détail.

Il était minuit. Nous venions d'arriver à Banda Aceh, plantée à la pointe nord de l'île. Moins lessivés par la route que le chauffeur, mais rincés quand même. Que restait-il de la ville balayée par le tsunami du 26 décembre 2004 ? À travers les vitres de la voiture, chacun recherchait des traces, des cicatrices. Voyeurisme rétrospectif impossible à contenir. Bizarrement, on ne notait rien de particulier, la ville ressemblait aux autres bourgades de Sumatra. Des dizaines de boutiques collées les unes aux autres, closes par des portes métalliques, une architecture hétéroclite, des murs bariolés d'inscriptions peintes. Une différence, tout de même : tous les arbres qui plantaient les avenues étaient jeunes et l'asphalte des routes sentait la Suisse, l'ordre et le neuf.

On avait cherché un endroit où manger à cette heure très avancée de la soirée et nous avions déniché un boui-boui piqué de chaises en plastique blanc. De jeunes hommes fumaient autour d'une table de jardin. Ils ne parlaient pas. Ne regardaient pas la télé allumée sur la rue. Ils auraient pu facilement passer incognito dans l'équipage philippin du cargo. Ils écoutaient simplement leur cigarette griller sous la lumière blanche d'un néon. Des odeurs de graillon s'accrochaient aux cristaux de sel en suspension dans l'air. Quelque chose de bizarre flottait, autre chose que l'iode et le gras des cuisines. Pas une femme à l'horizon. Sauf aux cuisines. Elles portaient le voile obligatoire dans cette région du nord de Sumatra. Charia. Police des mœurs et tout le fatras habituel. Le flirt est ici jugé délictuel et on a longtemps rasé les cheveux des femmes qui osaient ne pas porter de voile. C'est un type empâté au visage criblé de cicatrices et rencontré à Médan, la grosse ville du nord de Sumatra, qui nous avait expliqué ça. « Avant d'être marié, difficile de baiser à Banda Aceh ! » Il avait ri grassement. Très sérieusement, il m'avait posé cette question : « Au fait, combien ça coûte une femme à Paris ? »

À Banda Aceh, à Sumatra, les femmes portent toutes un voile. Feu d'artifice de motifs, de couleurs. La diversité des fichus, flamboyants, épinglés avec des broches ciselées, magnétise les regards. Ils sont devenus des accessoires de beauté à part entière, bien davantage qu'en Afghanistan, en Égypte ou ailleurs.

L'alcool est prohibé. Ce soir-là, j'avais commandé un whisky-Coca sans whisky, un calamar grillé et du riz blanc. À Sumatra, la nourriture est souvent frite dans un gras dense qui vous encolle l'estomac.

Effarés, on avait découvert les subtilités de la conduite nocturne des Indonésiens. J'ai déjà failli mourir sur les routes africaines, argentines, indiennes, afghanes, russes ou égyptiennes. Mais l'Indonésie offre une frousse incomparable. On peut y mourir dans des voitures neuves. Des Toyota, des Nissan. Que des marques japonaises, comme en Afrique, comme partout maintenant, mais neuves. Sur la route qui sépare Médan d'Aceh, 750 kilomètres, l'équivalent d'une belle départementale, tout est possible, de nuit. Dépassement sans visibilité à trois alignés sur deux voies avec bus en face qui double lui-même pleins phares alors que tout autour bourdonne un essaim de scooters excités. Les abeilles tournicotent dans tous les sens, souvent sans casque, à trois dessus, et le bébé dort au milieu, parfaitement ignorant de sa mort probable et prochaine.

Tout au long de cette route, les villages sont tous collés les uns aux autres, il n'y a pas d'espaces vides, pas de chaussée déserte. Juste un interminable ruban urbain qui s'étire comme un fleuve gris tandis que derrière vrombissent la jungle et ses moustiques obèses.

Les recenseurs sérieux comptent 240 millions d'habitants en Indonésie, et 50 millions rien qu'à Sumatra, entassés au bord des routes. Les terrasses des petites maisons d'un ou deux étages sont toutes éclairées avec des LED. Il y en a des milliers. Cet éclairage faiblard de lucioles tristes baigne le chemin d'une lueur neurasthénique. Mais les villages sont très animés : karaokés en plein air, bars, stations-service grandes comme des centres commerciaux modernes. Beaucoup de mosquées dont la taille paraît démesurée par rapport aux villages qu'elles surplombent surgissent au coin d'un virage.

Nous étions donc arrivés « épuisés mais vivants » à Bandah Aceh en fin de soirée. C'était une étape de transit. En gros, on n'avait rien à y faire à part attendre l'avion du lendemain pour traverser l'équateur et découvrir Java.

Mais Banda Aceh est la ville qui a été la plus touchée par le tsunami fin 2004, la plus proche de l'épicentre du séisme de magnitude 9,3 qui a ébranlé tout le Sud-Est asiatique. Le craquement avait soulevé de six mètres de hauteur une bande de plancher océanique longue de 1 600 kilomètres. La région avait été balayée par une vague de 10 à 30 mètres de haut, rasée, broyée, noyée. Plus de 100 000 morts ce lendemain de Noël.

J'avais fini mon calamar. On s'apprêtait à quitter cette terrasse quand une jeune fille sans voile et maquillée a débarqué au milieu des garçons. Elle était l'électricité, ils étaient les jouets rebranchés. Selon la charia, tout ce petit monde méritait huit coups de bâton. Selon moi, tout le monde s'en foutait. En sortant du boui-boui, on s'est baladé un peu et c'était étrange de penser que nous marchions dans une ville où autant de gens étaient morts en un instant. Quelque chose d'un peu lugubre et froid flottait dans l'air, mais il est toujours malaisé de faire la différence entre ce que tricote l'imagination avide de sensations et le réel con comme un poteau.

On marchait. Des marchands d'épices dormaient autour de leurs étals. D'autres nous hélaient avec peu d'énergie, il était tard. Peu d'Occidentaux baguenaudaient dans le coin. En plus du tsunami, la région a aussi connu une guérilla pendant vingt ans jusqu'en 2005. Les plages au sud sont désertes. Peu de surfeurs. Les rouleaux ne tombent pour personne. Les instants *kairos* se désintègrent tout seuls dans l'écume des vagues.

Et puis, soudain, alors que le sommeil nous gagnait, notre nuit s'est animée. Crevant la nuit dans un bruit de tondeuse, un type en tuk-tuk nous a hurlé dessus. C'était un taxi. Il ne parlait pas un mot d'anglais, mais il nous parlait quand même, une pipelette incontinente à la voix flûtée qui semblait peu intéressée à l'idée d'être comprise. L'homme, massif, un bon quintal, portait un tee-shirt sale et un casque blanc bien trop petit pour sa tête, ce qui lui donnait un air de Calimero hydrocéphale. Soit il était saoul, soit il était dingue. Pour en avoir le cœur net et parce que la vie est bien trop brève pour laisser passer de telles occasions, nous sommes montés avec lui. Après quelques minutes, on a compris qu'il était juste saoul. Il nous a proposé un tour au bordel du coin où des filles de 14 ans à peine poireautaient dans la moiteur en grillant des cigarettes. Charia ? Comme dans tous les pays réputés exercer un contrôle drastique sur les mœurs, des béances monstrueuses faisaient jour et absorbaient la nuit le tombereau infini des frustrations ; la misère étreignait la misère. Il y a bien un cinéma porno à Peshawar, au Pakistan. Nous, on avait plutôt le pied marin ce soir-là. On savait qu'un bateau balancé par le tsunami tenait toujours sur le toit d'une maison à une dizaine de kilomètres du rivage, oh, ce n'était pas un cargo de 275 mètres de long, un simple chalutier, mais ça valait la balade.

Nous avons demandé au gaillard coincé dans son casque et son ivresse : « The boat on a roof? » Il nous a répondu : « Boat ! Boat ! Okay, boat !! » On avait confiance. The Boat of a Roof, c'est la tour Eiffel locale.

On est parti mon kiki, à quatre sur un scooter side-car piloté par les cent kilos d'un loustic rond comme une barrique. On fonçait en zigzags, à 12 ou 15 km/h dans les rues de Banda Aceh, vers le bateau sur le toit. En chemin, Ian, qui parle huit mots d'indonésien, essayait de traduire le flot intarissable de notre guide improvisé. Il montrait du doigt les façades : « Je crois qu'il dit qu'après le tsunami, ça ressemblait à Venise ici. » Et puis le chauffeur nous a demandé d'où l'on venait : « Francis, Francis. » En Indonésien, Français, c'est Francis, c'est comme ça, on ne choisit pas. Le chauffeur du tuk-tuk nous a regardés avec des yeux de néandertalien qui vient de découvrir un poème de Rilke et a éclaté d'un rire guttural : « Aaaaah Francis, Ribéry, 2-0 Ukraine !! » On se trouve à dix mille kilomètres de Paris, dans une zone isolée par la guerre civile, ravagée par un tsunami. On se croit tranquilles. Et surgit Ribéry.

Le tuk-tuk déglingué s'est arrêté devant un bateau. Mais ce n'était pas un bateau sur un toit. C'était un bateau dans l'eau. D'ailleurs, il y en avait beaucoup. C'était le port de pêche. « Boat, boat, okay ! » Okay... Il était 2 heures du matin, les chalutiers en bois multicolores préparaient leur départ en mer à 5 heures. Dix jours au large. À leur bord, des cohortes de types torse nu, alanguis, trente-cinq marins par chalutier. Une couverture pour *Têtu*. Cela les faisait marrer, les marins, de voir débouler des *bouley* comme ça dans la nuit. *Bouley* en indonésien, ça signifie Occidentaux. On ne choisit pas. Jakaria, le commandant du fier *Benghazi*, nous a demandé d'où l'on venait. « Francis. » La patrie de Hugo, Voltaire, Flaubert, Proust, Céline, Montaigne, Gary, Diderot, Sartre, Deleuze.

— Francis !? Ha ! Ha ! RIBÉRY.

On a parlé du tsunami avec le capitaine. Il était en mer pendant la catastrophe : « On n'a rien senti. Mais quand on est revenus au port, on a cru que c'était la fin du monde, la guerre mondiale. » Aujourd'hui, Jakaria n'y repense plus. Il n'a perdu personne. « 80 % des gens vont bien, on a tourné la page, on avance. » À côté de lui, le vieux Gesang ne disait rien mais baissait les yeux sur ses sandales.

Gesang avait 46 ans en 2004. Le tsunami lui a tout pris. Sa femme, ses parents, son frère et ses trois enfants. Il nous a raconté son histoire sans jamais rencontrer nos yeux. Son regard se baladait, erratique, à droite, à gauche, comme s'il cherchait quelque chose. Il n'a retrouvé aucun corps. Il a survécu accroché à une planche en bois. Il travaille aujourd'hui au port « parce qu'il faut bien faire quelque chose ». Sa voix était lente, ses sourires timides. Il avait des cernes de fumeur, mais ne fumait pas depuis le tsunami. Et puis il a dit, et c'était juste un constat clinique, absolument pas un sanglot : « Je crois que je suis mort ce jour-là. » « Mais si t'es vivant, a dit le capitaine Jakaria. La preuve, t'as encore du boulot à faire ! » Gesang n'a pas souri. Il est parti à ses tâches.

Le vieil homme et la mer

Dans le ciel, au-dessus du sillage du *MSC Cordoba*, un gris ardoise croque un gris perle, tandis qu'un gris tourterelle gobe un gris taupe. Ce ne sont pas des gris de ville, mais des gris de mer, des gris chargés d'iode, de l'anthracite sauvage, du chinchilla enragé, des promesses de tempête. Ce déluge de gris me rappelle une balade en Estonie, à Tallinn.

Ce jour-là, j'étais sorti de la vieille ville et j'avais longtemps marché sous un crachin glacial, sur des avenues bordées d'immeubles maussades. Dans les pays d'ex-URSS, « maussade » est un synonyme de « soviétique ». Le contraste entre le vieux centre pimpant de Tallinn et la banlieue toujours dans son jus était frappant. Tout était triste, les visages, les façades et le ciel. J'ai bien vu un arc-en-ciel, mais il serpentait dans les reflets irisés d'un peu d'essence répandue sur l'asphalte d'une jetée du port.

Je m'étais rendu à Tallinn pour écrire le portrait d'un jeune réalisateur estonien. En regardant les mouettes voler, je réfléchissais à ce qu'il m'avait dit : « Dans un film, les oiseaux volent pour une raison précise. »

Il me restait quelques heures à tuer avant de rentrer. Je me baladais sans but et j'étais parvenu sur les rives de la Baltique par hasard. Le bord de mer de Tallinn est un chaos, rien à voir avec l'ordre qui prévaut dans le port d'Anvers. Personne ne s'y promène. De la boue, des herbes folles, des ordures. Là-bas, sur la grève, j'ai vu un père apprendre à son petit garçon la technique pour réussir les ricochets. Casser le poignet, appuyer avec l'index sur la tranche du galet pour lui imprimer un mouvement de rotation dans le sens des aiguilles d'une montre, lancer le galet dans un coup droit fouetté et regarder la pierre rebondir à la surface de l'eau. Ce jour-là, tous les gris du ciel tissaient une dalle plate, une immense dalle de béton dans laquelle on aurait pu jeter des pierres pour faire des ronds dans l'air. La mer renvoyait au ciel son reflet triste. C'était horriblement romantique. Un, deux, trois, quatre, cinq : je comptais les ricochets en me disant que dans un film, les galets ricochent pour une raison précise. Et puis je l'ai vu, lui, tout au bout d'une jetée, au pied de la hampe d'une manche à air déchirée dont le rouge originel tournait au gris, lui aussi. Un homme seul, assis sur un bloc de béton, fixant l'horizon indistinct entre les gris du ciel et de la mer. Au loin, la silhouette d'un énorme ferry presque aussi gros que le *MSC Cordoba* crevait la brume. Le vieil homme était engoncé dans sa parka, un clou enfoncé dans son mur, on aurait dit qu'il était là depuis toujours. Il n'y avait personne autour de lui, il portait une capuche, il était un peu voûté. C'était le vieil homme et la mer, sans bateau, sans marlin, sans Hemingway. Juste un ponton et cet homme dans le gris. Des mouettes fendaient la grisaille tandis qu'au loin, le ressac faisait jaillir de l'écume bouillonnante sur des rochers à fleur d'eau. Je me demandais à quoi pouvait bien penser ce type immobile devant la mer. Je suis resté longtemps derrière lui, sur l'asphalte huilé baigné par le ressac, peut-être une heure, il n'a pas bougé. Il paraissait si seul au bout de sa jetée. Je me suis approché. Je me demandais s'il faisait le bilan de sa vie, s'il égrenait les regrets dans le chapelet de sa mémoire. S'il pleurait sous sa capuche, s'il serrait les dents en essayant d'oublier quelque chose, sa femme partie avec un autre, ce chômage qu'il cachait depuis des mois à sa famille, on fait le fier-à-bras, on brille au firmament, on croque la vie de toutes ses dents et puis un jour on se réveille et ça y est, on est vieux, comme l'hiver qui vient un matin, on ouvre la fenêtre et tout est blanc. Je me demandais s'il tentait de se fondre dans tout ce gris, de s'effacer ou si, au contraire, il venait célébrer ici une grande joie, une victoire éclatante, peut-être était-il mathématicien, peut-être venait-il de résoudre une conjecture complexe après des dizaines d'années de réflexion, peut-être venait-il d'apprendre qu'il était grand-père et il venait communier au bord de la mer, annoncer aux éléments la grande nouvelle. Je me suis encore approché. Au même instant, il s'est relevé et a tranquillement attrapé sa canne à pêche qu'il a relancée. Je me suis copieusement insulté intérieurement. On ne devrait peut-être pas trop s'approcher des choses qu'on imagine. On devrait les laisser au loin, intactes.

JOUR 2

VERS LE GOLFE DE GASCOGNE

Hier, j'ai appris qu'un sabord était un hublot carré et j'ai enfin compris l'expression « Mille sabords » du capitaine Haddock. À l'origine, les sabords laissaient passer les fûts des canons ou les avirons, aujourd'hui, ils filtrent les rêveries des voyageurs. Dans ma cabine, j'ai la chance d'avoir deux sabords qui donnent plein est et deux autres plein sud, vers la proue du navire. Ils sont assez larges pour laisser passer un plongeur sous-marin et sa bouteille. L'idée que cette cabine pourra être visitée quand nous aurons coulé me rassure, même si deux mille mètres d'eau salée séparent le fond de l'océan de mes fesses posées sur la banquette outremer qui décore mon salon.

Plus trace de terres nulle part. Tout en écrivant, j'écoute « Danke Schoen » de Wayne Newton et je vois l'océan danser tout autour de moi. Sa présence scintillante devient moins oppressante. Au départ, tout cet espace m'étouffait, il m'étranglait. De ma chambre, vers la proue, deux conteneurs me font face : un rouge, GLDU 768091, et un jaune, DRYU 907212. Je leur dirai bonjour chaque matin et bonne nuit chaque soir.

Ce soir, je vais voir mon premier coucher de soleil en plein océan. J'espère saisir au vol le fameux rayon vert, un phénomène optique rare et bref qui survient quand la dernière goutte de lumière s'éteint sous l'horizon. Le ciel s'est enfin dégagé. On distingue au loin de petites îles mouvantes, d'autres navires que nous doublons la plupart du temps. Le *MSC Cordoba* file un train d'enfer, 20 nœuds. Plus vite les marchandises embarquées arriveront à Istanbul, plus tôt le bateau pourra repartir pour sa prochaine destination avec de nouveaux conteneurs à son bord. Ce matin, nous sommes sortis du rail de la Manche, une route maritime empruntée par six cents navires tous les jours. Nous avons croisé au large de la Bretagne, j'ai distingué l'ombre noire de l'île d'Ouessant. « Ici, nous naviguons au-dessus d'un cimetière de bateaux », a dit le capitaine Angelo, 49 ans, des tongs, un short et un air de chat siamois. Il dégageait la même gravité sereine que Jakaria, le capitaine du *Benghazi*, cette minéralité marine dans laquelle on doit sculpter tous les capitaines du monde dans des usines secrètes.

Le capitaine Angelo m'a fait visiter la salle de commande, il m'a expliqué le tonnage, la vitesse, les radars, les équilibres subtils dans le montage des conteneurs. Sur ce navire immense, chaque outil, chaque objet est à sa place, le crayon à papier finement taillé comme les larges aussières vertes enroulées à la proue. Tout est propre, l'espace est dégagé. Il n'y a pas de place ici pour l'« à-peu-près » des terriens.

J'ai demandé au capitaine s'il savait ce que contenaient les 1 629 boîtes embarquées à bord. « Pas du tout. Il y a une trentaine d'années, avant la généralisation des porte-conteneurs, les capitaines savaient ce qu'ils embarquaient, trois caisses de vins, deux de parfums, une voiture. Maintenant, tout est inscrit sur un papier, le manifeste, qui reste au port. »

Les marins sont uniquement au fait de ce que cachent les conteneurs pleins de produits dangereux. Le capitaine m'a tendu la liste : toluène, dithionite de sodium, éthanolamine, liquides toxiques divers et variés. À l'embarquement, ils sont disposés vers le centre du cargo et pas au bord, parce que parfois, ça arrive, les conteneurs tombent en mer. Tout un chargement de canards en plastique s'est déversé dans l'océan Pacifique en 1992. La catastrophe a permis aux scientifiques de mieux comprendre les courants marins. Des canards jaunes ont été retrouvés dans l'Atlantique, d'autres ont fini piégés par la banquise du pôle Nord.

Le capitaine m'a aussi expliqué pourquoi les marins portaient depuis toujours des tatouages, même si la coutume se perd en mer à mesure qu'elle gagne les pavés des grandes villes. À l'origine, les marins se tatouaient pour qu'on puisse les reconnaître après un naufrage, quand leurs cadavres charriés par les vagues s'échouaient sur la grève. « Après une semaine dans l'eau, le corps se déforme complètement, y compris le visage. » J'ai pensé à tous ces citadins qui se tatouent parfois pour être identifiés de leur vivant et je lui ai demandé s'il songeait souvent au naufrage, à la noyade. Il m'a répondu que cela restait toujours dans un coin de son cerveau, mais qu'il s'efforçait de ne pas trop y penser. Angelo ne porte aucun tatouage, juste une alliance en or blanc au majeur avec le nom de sa femme gravé dessus : « J'espère que ça suffira pour m'identifier et qu'aucun requin ne mangera ma main gauche. »

Ce midi, nous sommes entrés dans le golfe de Gascogne, l'endroit où les marins savent qu'il faut s'attendre à la castagne. Parfois, de grosses lames nées lors de tempêtes au large de l'Amérique du Sud et qui ont traversé tout l'océan viennent frapper la coque du navire. Ça cogne. À midi, la mer était encore mauvaise. Le capitaine ne voulait pas que je sorte faire le tour du bateau. J'ai dégainé mon regard de chat qui a faim et j'ai obtenu le droit à une balade, mais accompagné de Ruben, le numéro deux du *Cordoba*. Le beau gosse célibataire ne connaît pas parfaitement le *MSC Cordoba*, il vient de commencer un contrat de six mois en mer et c'est pour lui, comme pour moi, le deuxième jour. Mais les bateaux sont un peu tous les mêmes. Il m'a montré tous les recoins du cargo, l'extérieur, sous la ligne des conteneurs, dans la houle et les embruns qui éclaboussaient la coque, et puis les dessous de la bête, les interminables coursives techniques qui galopent sur presque trois cents mètres de chaque côté du navire, peintes du sol au plafond d'un jaune pâle et dans lesquelles on pourrait facilement tourner un film d'horreur ou le prochain *Alien*. Il m'a fait descendre par toute une série d'échelles vertigineuses dans le ventre du *Cordoba*, jusqu'à l'immense salle des machines, cathédrale mécanique assoiffée de fioul dont le bruit infernal, sans la protection d'un casque spécial, pulvériserait en quelques instants les tympans les plus résistants. L'atmosphère était étrange. Le ventre d'un cargo est une machine à fantasmes, une distillerie où la peur s'égoutte dans les vapeurs des fuites des tuyauteries. Si Ruben, au visage doux, symétrique, habillé d'une combinaison rouge et d'un casque blanc, s'était soudain retourné avec un couteau en main pour me trancher la gorge en hurlant, je n'aurais pas été surpris outre mesure. L'ambiance est propice au meurtre.

Au cours de la balade, son talkie-walkie a craché des instructions en anglais. Je lui ai demandé pourquoi l'équipage, exclusivement philippin, communiquait dans la langue de David Lodge. « On s'entraîne pour les fois où nous travaillerons avec un équipage international. » Ça m'a fait sourire d'imaginer un équipage français parler en anglais pour « s'entraîner ». Mais il n'y a plus d'équipage français en mer, tout juste une poignée d'officiers. La marine marchande a été l'un des premiers secteurs économiques frappés par la mondialisation. La France comptait des milliers de marins dans les années 1950. Ils ont tous été remplacés par des Ukrainiens, des Philippins ou des Indonésiens, aussi efficaces, moins chers, et qui parlent anglais pour « s'entraîner ».

Chaque soir, le dîner est servi entre 17 et 18 heures. Il faut s'habituer à ces horaires de psychopathe scandinave. Les officiers et les voyageurs dînent ensemble, l'équipage de l'autre côté des cuisines. J'ai lu quelque part que cette séparation géographique créait une atmosphère étrange dans les bateaux où les officiers sont occidentaux et l'équipage issu d'un pays pauvre ou en voie de développement. La question ne se pose pas sur le *MSC Cordoba*. De toute façon, la plupart du temps, je mange seul. Les marins sont gênés si on veut partager sa gamelle avec eux. Mais après le dîner, je file de leur côté et ces malabars tannés par des mois de silence s'ouvrent comme des jonquilles. Nous buvons des bières et fumons des clopes devant des films de vampires. C'est le deuxième qu'ils regardent en deux jours. Si demain ils s'en programment un nouveau, je vais commencer à me poser des questions. J'ai parlé avec Neil, le timonier du *Cordoba*, 35 ans, baraque coiffée en brosse et frappée comme le fer par douze ans de marine marchande. Comme tous les autres, ses missions en mer durent six mois, pendant lesquels il ne quitte que rarement le navire. La navigation commerciale chasse les coûts et les escales sont de plus en plus courtes. Un navire au port est un navire qui ne rapporte rien. Neil a deux enfants, dont une petite fille de 5 ans. Je lui ai demandé comment il s'arrangeait pour pallier l'absence, le manque, combler la distance. Quand il reviendra, pour repartir deux ou trois mois plus tard, sa petite fille aura beaucoup changé. Je n'ai pas osé lui dire clairement qu'il allait rater des instants précieux, j'ai senti qu'il en avait parfaitement conscience et les gens qui ont des couteaux symboliques soudés au fond du ventre apprécient généralement peu qu'on s'interroge sur la gravité de leur plaie. Il a simplement souri, il m'a dit que c'était difficile, mais qu'il parvenait à garder le contact grâce à Internet dans les ports. « Ça coûte cher, mais il n'y a rien de plus important, alors… » Il a soupiré en terminant sa bière et il est reparti travailler.

J'ai aussi enfin rencontré Maïté, la seule autre voyageuse à bord. Chaque année, vingt et un millions de touristes choisissent l'agrément des croisières touristiques, les activités à bord, boîte de nuit, piscine, bars, escales culturelles. Trois mille baroudeurs optent pour la solitude du cargo et les petits déjeuners servis à sept heures du matin. Maïté fait partie de ceux-là. Jeune et jolie sexagénaire, elle promène sa silhouette fluette au milieu des gros bras. Tout l'équipage n'arrête pas de lui demander pourquoi elle voyage seule et surtout, pourquoi elle passe ses vacances sur un cargo, idée saugrenue qui ne leur viendrait pas à l'esprit. C'est le premier voyage pour Maïté. Un galop d'essai, dit-elle, avant d'envisager un voyage plus long vers le canal de Panamá. Comme moi, elle est un peu K-O debout, dort la plupart du temps, mais prend ses marques peu à peu.

Ensemble, nous avons brillamment passé l'épreuve des tests de sécurité. « Quand le bateau coulera, il faudra vous rendre le plus vite possible au pont B pour embarquer dans la chaloupe de sauvetage. » J'ai repris Glenn, tête de surfeur hawaïen, sourire bienveillant vissé sur le visage, qui déroulait son laïus. « Vous voulez dire *si* le bateau coule, hein ? » On a ri. On ne savait pas ce qui nous attendait. Il s'agissait d'enfiler en moins d'une minute une combinaison de néoprène rouge enveloppant le corps entièrement et conçue pour des Martiens de deux mètres de haut équipés de doigts longs comme des trompes d'éléphants. Une fois la combinaison passée, ce qui est assez facile, sauf pour l'orgueil, il faut remonter le zip de la fermeture Éclair et c'est à cet instant que les choses se compliquent. Les doigts en forme de trompe posent un léger problème puisque l'on ne peut rien agripper sans s'y reprendre à douze fois.

Ceux qui parviennent à fermer le zip disparaissent sous le menton de la cagoule (à moins de mesurer 2 mètres) et ont du mal à enfiler leur gilet de sauvetage. Boucler le gilet s'avère une mission ardue, surtout sans yeux et sans mains. Dans la combinaison, la température grimpe assez vite à 60 degrés Celsius, ce qui assure une mort rapide par suffocation, un moyen efficace d'échapper à la noyade. Nonobstant, après cette expérience, je crois que je préfère me faire tatouer un papillon sur la fesse et mourir noyé.

Ça y est, le soleil embrasse l'horizon. Ma cabine est inondée de rose fuchsia et d'orange en délire. Une fine couche de nuages m'empêche de voir le rayon vert. Tout à l'heure, j'ai demandé à l'équipage si quelqu'un savait jouer aux échecs, mon péché mignon, avec la cigarette, l'alcool, le camembert, la vitesse au volant et l'impression de mourir quand j'attrape un rhume. Un bras s'est levé, mais personne n'a emporté d'échiquier. Je regrette l'absence de marins ukrainiens dans l'équipage. Je regrette l'absence de Russie dans cet océan. Je regrette ces histoires de bébés phoques, de sorcières, d'accidents de voiture imaginaires, de larmes diluées dans la bière et de chemins qui ne mènent nulle part.

La théorie des sorcières

Il est toujours plus facile de trouver un joueur d'échecs en Russie que dans un cargo allemand immatriculé au Liberia et habité par un équipage philippin. Ivan vient de pousser son cavalier en g6. Il ne s'est même pas assis sur le siège en cuir disposé en face de moi. Il est reparti aussitôt poursuivre son service au bar de l'hôtel Intourist. Hideux, le bâtiment accueille depuis des dizaines d'années les Occidentaux de passage. On le surnomme l'hôtel des espions. Il sera détruit dans les années 2010, mais, pour le moment, il tient encore le pavé, droit comme un I majuscule, et ses chambres sont probablement truffées de systèmes de surveillance hérités de la guerre froide. À deux pas de la place Rouge, il étire sa morne froideur de paquebot vertical vers le ciel. Les fenêtres y sont toujours fermées, l'air y est toujours sec, déshydraté par la climatisation.

Cela fait trois fois de suite qu'Ivan me met échec et mat. Je commence à m'agacer en sirotant ma bière devant la nouvelle partie en cours. Je devine qu'après trois succès d'affilée, Ivan me prend un peu de haut, la pression agréable de la peur s'est dissoute, il ne joue plus pour lui, il joue pour me faire plaisir. Pour moi, l'humiliation est double. Il joue ses coups debout alors que je suis assis. Il travaille alors que j'ai tout mon temps pour me concentrer. Je réfléchis longtemps, je pousse ma pièce, lui fais signe, il dépose des boissons à une table, fait un crochet par la mienne, réfléchit dix secondes, tord les lèvres, pousse une pièce assassine et repart s'occuper des autres clients.

Je suis à Moscou pour parler des médias peu à peu broyés dans la main de Vladimir Poutine qui vient de commencer son règne à la tête de la Russie. Ma mère dort dans sa chambre, au 19e étage. Il n'est pas courant de partir en reportage avec sa mère. Mon journal l'a pourtant officiellement embauchée pour une semaine de traduction. Pour l'instant, elle se comporte bien et ne m'a jamais appelé « trésor » en pleine interview. Au contraire, sa méconnaissance totale du protocole tacite qui régit les règles de l'interview, sa méconnaissance totale de toute forme de protocole en général m'est apparue, après moult frayeurs, comme une chance. Ma mère est un ouvre-boîte, un brise-glace. Au bout de cinq minutes, elle raconte à l'intellectuel en face de nous qu'elle est effectivement ma mère, qu'elle a trouvé quelqu'un pour garder ses chats et son chien, qu'elle a du mal à imaginer que le nourrisson dodu qu'elle portait voilà quelques années dans ses bras est aujourd'hui en mesure de mener des interviews, hélas pas en russe, oui, parce que la famille a émigré après la révolution, savez-vous ? Le brise-glace fend la banquise de la conversation en quelques secondes. Les Russes aiment les histoires de famille, les chats, les chiens et les Russes blancs. Ils apprécient la situation et se détendent en regardant ma mère parler pour tout le monde, pour elle, pour moi, pour le bonhomme en face. Bien sûr, j'ai parfois dû lui rappeler que c'était moi le journaliste et que les médias sous Poutine étaient le vrai sujet, pas ses chats ni les émigrés de la révolution, mais honnêtement, je ne regrette pas de l'avoir choisie pour traductrice. L'énergie qu'elle déploie nous fait gagner du temps et sa bienveillance volubile brise les carcans. Sans doute éreintée par la dernière journée, elle dort pendant que je joue aux échecs avec Ivan, le barman.

Je l'ai rencontré le troisième soir. La petite quarantaine vivace, le cheveu long, poète, les yeux clairs. Il travaille à l'Intourist depuis cinq ans. Il est aussi croupier dans une salle de jeu et fait des photos de mariage. Comme beaucoup de Russes, il mène de front plusieurs vies professionnelles pour joindre les deux bouts et payer la pension alimentaire de ses deux enfants à son ex-femme. Le soir de notre rencontre, il jouait avec un autre client, un vieux Russe buriné taillé dans un bloc de granit et dont aucun sculpteur n'avait songé à finir le visage. Physiquement, c'était une ébauche, mais il maniait très bien les pièces. J'avais regardé la partie et ma curiosité avait éveillé celle d'Ivan, toujours à la recherche de partenaires de jeu. Le vieux granit avait vaincu le serveur en livrée. Nous nous étions donné rendez-vous le lendemain, pendant son service.

— Je peux jouer et servir en même temps si tu viens tard, avait-il assuré.

La nuit n'est plus très fraîche, mais pas encore périmée. Il doit être deux heures du matin. Une nuée de prostituées papillonne entre les tables occupées par des hommes d'affaires chinois. Elles sont très jeunes, très belles, très grandes, très minces, j'ai parfois l'impression d'assister à un défilé de mode. Si l'une d'entre elles montait sur le *MSC Cordoba*, tout l'équipage s'évanouirait, moi compris. Chacune d'entre elles pourrait être mannequin en France. Le destin, la malchance, la vie ont voulu qu'elles soient putes en Russie.

Pour cette quatrième et dernière partie, j'ai décidé de serrer le jeu, ouverture sur le pion de la dame. Fini les attaques au large, le romantisme imbécile, les combinaisons aussi tactiques que traîtresses. À ce jeu-là, Ivan est plus fort que moi. J'ai décidé de miser sur une stratégie à long terme, contrôler le centre, échanger mon fou de cases noires contre le sien, maîtriser la structure de mes pions, meilleure que la sienne, provoquer les échanges, et peu à peu, millimètre par millimètre, serrer le cou d'Ivan.

Il vient de s'apercevoir que quelque chose ne tourne pas rond pour lui dans cette partie. Pour la première fois, il ne joue pas immédiatement en s'approchant de ma table. Il reste longtemps prostré, debout, le regard bleu plongé sur le jeu. Une mauvaise moue chiffonne son visage. Il joue. Il repart. Mais il revient beaucoup plus vite que d'ordinaire, comme s'il voulait savoir où en était le danger, comme s'il sentait que chaque seconde passée loin de l'échiquier pouvait se retourner contre lui.

Autour de la table, le ballet des prostituées russes et des clients chinois poursuit son cours. Le champagne coule à flots. Des rires. Des grognements. Beaucoup de théâtre, comme s'il fallait quand même singer les vraies rencontres, la chorégraphie de la séduction, comme si les dollars et les jupes trop courtes n'emportaient pas dans leur tourbillon la tendresse, les sourires, l'humour, le flirt. Des couples disparaissent parfois vers les étages. Parfois des trios, un homme et deux jeunes femmes. Au vingt-huitième coup, tandis que je resserre encore mes mains d'assassin sur le cou d'Ivan, je repère une jeune fille blonde aux yeux verts dont je tombe instantanément amoureux. Elle attend, assise, les jambes croisées, sur le bord d'un canapé rouge, le regard dans le vague. Elle a un visage de toundra, un teint de porcelaine, de longs cils qui balayent déjà les toiles d'araignée au fond de mon cœur, elle me sourit et je me retrouve immédiatement propulsé très loin de ma partie d'échecs moscovite, dans les forêts sibériennes, oui nous vivons tous les deux dans une cabane de bois au bord d'un torrent poissonneux, nos trois enfants blonds jouent sur un tas de bûches, la cheminée fume, le ciel est d'un bleu profond, elle enfile des morceaux de viande de mouton et des oignons frais sur des brochettes pour préparer les chachliks. Tandis que je surveille le feu, elle relève ses cheveux couleur de blé en chignon, je passe derrière elle, j'embrasse sa nuque et le goût sucré de sa peau m'électrise les lèvres. Je m'apprête à l'enlacer, à presser ses seins durs contre mon torse quand Ivan revient avec 750 grammes de vodka, deux verres et une assiette de cornichons aigres-doux. Il s'assoit. Il joue sa dame en e6. Il remplit les verres. Nous les vidons d'un trait et croquons dans les cornichons. Il nous ressert immédiatement et avise le petit manège maudit des putes et des clients.

— C'est triste, hein ?

— Oui, c'est triste…

— On dit souvent que c'est le plus vieux métier du monde. Moi, je pense que tout est politique. Tout est le fruit d'une politique. Et les putes aussi. Les succès comme les inégalités. Regarde les échecs. Du temps de l'Union soviétique, les politiques ont voulu que tout le monde joue aux échecs. Et tout le monde a joué aux échecs. L'URSS est devenu le plus grand pays de joueurs d'échecs, le champion du monde est soviétique depuis des dizaines d'années, sauf la courte parenthèse Bobby Fischer. Ça va s'arrêter parce que les joueurs formés à l'époque soviétique vieillissent, parce que les jeunes ne jouent plus, parce qu'il n'y a plus de politique promouvant les échecs chez nous. C'est pareil avec les putes, tant que les politiques créeront les conditions pour qu'elles existent, elles existeront. Tout est politique, la pauvreté, les famines, le chômage, les putes.

Il termine sa tirade, dite dans un anglais parfait, puis joue son coup. Je me demande s'il ne cherche pas à me déstabiliser avec sa vodka et ses discours. J'essaie de me concentrer sur le jeu, mais je repense à ma cabane dans les forêts sibériennes, je repense aux chachliks, je recherche des yeux la jeune fille aux yeux verts, je repense à ce qu'Ivan vient de lâcher, la politique et les putes. Elle est en train de parler avec un gros Chinois très souriant. Elle a forcément dû être un jour une petite fille joyeuse et insouciante jouant dans la neige des hivers russes. Elle a forcément construit des histoires d'amour impossibles avec ses poupées dans sa chambre d'enfant. Elle a eu des rêves, forcément. Peut-être désirait-elle devenir cosmonaute ? Ses lèvres s'arrondissent pour dire des mots que je n'entends pas. Je dois jouer mon cavalier en b6 pour empêcher Ivan de pousser son fou sur la diagonale a1-h8. Quel connard, ce Chinois. Il pourrait penser à nos trois enfants blonds, à notre tas de bûches, au barbecue qui se prépare, au ciel bleu profond. Ou alors, je joue un coup perfide, un coup d'attente, le jeu est complètement fermé de toute façon, il va bien finir par commettre une bourde, on dit souvent que le vainqueur aux échecs est celui qui commet l'avant-dernière erreur, il suffit d'attendre, si je bouge le roi en h7, il ne peut rien se passer et Ivan tombera peut-être dans le piège de l'agacement. En attendant, il nous ressert encore un verre. La gorge est déjà anesthésiée, le cornichon de sécurité fait son office et accompagne l'alcool comme un garde du corps jusqu'à l'estomac. Et moi, je sens la colère froide qui monte de mon ventre, elle sort de son tapis de tripes pour cracher sa bile.

— T'as remarqué comme les filles sont jolies en Russie ? demande Ivan, pendant que je fixe ma blonde aux cheveux de blé.

— J'ai remarqué, oui.

— J'ai pas mal bourlingué en Europe depuis la fin de l'URSS, il y a des filles jolies partout, mais je trouve qu'en Russie, il y en a davantage.

Il joue un coup agressif qui ouvre le jeu, un sacrifice de pièce culotté, mais j'ai du mal à m'intéresser à la suite de la partie et de la conversation. Ma cabane sibérienne est en train de s'effondrer. Mes trois enfants blonds sont pendus aux arbres et se balancent sous un vent mauvais. Ma dulcinée vient de se lever pour suivre son Chinois dans les étages. Je la regarde disparaître de ma vie. J'accepte le sacrifice. Je joue mal. Cette fois-ci, c'est moi qui remplis les verres. Juste avant de s'évanouir à jamais dans les couloirs, ma blonde se retourne pour faire un signe à l'une de ses amies. Je vois son menton de renard opiner. Elle va disparaître, frêle esquif emporté dans la brume. Pas un regard pour moi. Pas un regard pour la cabane détruite, les enfants pendus, la rivière gelée et tous les poissons morts. Des mouches bleues pondent leurs œufs dans la viande faisandée des chachliks. Toutes les forêts sibériennes partent en cendres. Et toute la Chine rigole.

— J'ai une théorie pour expliquer pourquoi les filles russes sont si jolies, poursuit Ivan.

— Quelle théorie ?

Je maugrée, mais ma curiosité est piquée. J'ai besoin qu'on m'emmène loin de ce hall d'hôtel, loin de la Sibérie. Si le *MSC Cordoba* passait soudain dans le hall de l'Intourist, je grimperais l'échelle de coupée sans demander mon reste et sans me retourner. Il avale son verre cul sec, ménage le suspense, puis reprend :

— Au Moyen-Âge, en Occident, les filles trop jolies, vous les brûliez en déclarant qu'elles étaient des sorcières. Pour stabiliser les familles, il fallait s'en débarrasser.

— Sérieusement ? Et en Russie, vous les protégiez pour en faire des putes ?

C'est parti sans prévenir. La colère. Je joue un mauvais coup de cavalier sur l'aile de la dame. L'alcool et le mauvais coup aident Ivan à ne pas prendre personnellement ma pique. Il poursuit son attaque sur l'échiquier en brisant ma structure de pions et étaye sa théorie.

— En Russie, on n'est pas fichus de s'organiser. Alors on n'a pas brûlé les jolies filles. Et leurs descendantes sont toujours parmi nous. Voilà pourquoi elles sont belles et ensorcelantes, les filles russes.

Le sourire entendu qui suit ne ment pas. Soudain, je comprends qu'Ivan a tout prévu. Il a prévu que la vodka allait balayer ma stratégie. Le roi en h7 était un coup idiot. Il a prévu que c'était le bon moment pour me parler de la beauté des filles russes. Il a su en tirer parti pour me détruire psychologiquement. Bravo, Ivan. Bravo. Dans quelques coups, je vais abandonner la partie et tu repartiras invaincu.

Tu me raccompagneras gentiment jusqu'à l'ascenseur, et je te demanderai si tu as une théorie pour expliquer pourquoi les hommes russes ne sont physiquement pas à la hauteur de leurs femmes. Je penserai m'en sortir avec cette boutade. Mais tu souriras encore, tu me taperas amicalement sur le dos et tu me lâcheras le coup fatal, le dernier, ce qu'on appelle, aux échecs, la pointe.

— C'est parce qu'elles nous jettent des sorts. D'ailleurs, t'as une sale gueule ce soir. Va dormir mon ami.

Échec et mat.

Mourir en écoutant Elton John

En attendant de mourir noyé dans un cargo coulé par trois mille mètres de fond après une collision fatale contre une baleine, je me suis déjà tué pas mal de fois dans ma vie.

Ce soir-là, les phares d'une vieille Volga noire vérolée par la rouille balayaient une route nationale rectiligne qui sciait en deux une immense forêt de bouleaux nains plantés au nord de l'aéroport de Mourmansk et j'allais mourir encore une fois. J'allais mourir alors que je venais d'atterrir, assoupi par l'hypnotique ronron de mon vol en provenance de Moscou, le Grand Sud vu d'ici, j'allais mourir alors que mes poumons réchauffaient dans leurs petites alvéoles roses l'air glacé de cet octobre arctique.

Un peu plus tôt, à la sortie de l'aéroport, j'avais été accueilli par une brise mauvaise qui m'avait traversé la peau. Un vieux type au visage gonflé traînait avec ses amis sur le parking en attendant le chaland. Je lui avais demandé s'il pouvait m'emmener en ville. La pratique est courante en Russie où chaque conducteur fait bouillir la marmite en jouant au taxi occasionnel. Sur son visage, je n'avais repéré aucun des signes de la bienveillance rassurante qu'on réserve aux étrangers, aux voyageurs, à ceux qui se trouvent loin de chez eux et dont les Anglo-Saxons, les Arabes et surtout les Philippins sont les spécialistes, pas de sourire en plastique, non, pas de mimiques hospitalières quasi enfantines, il avait simplement opiné du chef en s'allumant une cigarette et marmonné des mots que je n'avais pas compris. En se penchant sur son cou, son menton avait formé deux ballasts de gras. J'étais monté dans la vieille bagnole soviétique aux sièges moelleux, un genre de Mercedes gorbatchevienne que seuls les nantis du régime pouvaient s'offrir à l'époque et que seuls les pauvres conduisent aujourd'hui. J'avais immédiatement repéré la caméra accrochée sous le rétroviseur et braquée sur la route.

Les Russes sont tous équipés de ces mini-caméras, elles sont appelées « dash cam » par les Américains et enregistrent toutes les péripéties des trajets en voiture, ce qui permet au conducteur honnête de prouver sa bonne foi à sa compagnie d'assurances. Internet pullule d'images d'accidents mortels filmés par ces yeux électroniques et froids. J'en ai vu beaucoup, j'en ai tant vu que ces images enregistrées et diffusées en direct sous le rétroviseur m'avaient instantanément fait tressaillir. Mon chauffeur avait quitté le parking, la lumière pâle de l'écran illuminait l'habitacle d'un halo bleuté. Je regardais cet écran et ce que je voyais correspondait exactement aux dernières images saisies avant les mille accidents mortels qui avaient déjà rayé mes rétines. Une route droite comme un faisceau laser, des phares qui balaient une forêt de film d'horreur, le ronronnement indifférent du moteur, les inscriptions en cyrillique sur les panneaux. Putain, c'est sûr, un camion va surgir. Un ivrogne imbibé de vodka au volant d'une poubelle va changer de voie au dernier instant. La Volga va déraper sur une plaque de glace. Je vais mourir. Je vais mourir et tout sera filmé, mon dernier cri, mon dernier tonneau et je paierai rubis sur ongle cette fascination morbide dont je ne parviens pas à me déprendre. Je ne sais pas trop d'où me vient ce travers. J'ai perdu un ami très jeune dans un accident de la route. J'ai moi-même déjà failli y passer un jour. Je ne sais pas. Je n'en suis pas fier. J'ai souvent questionné cette inclination honteuse, ce voyeurisme dégueulasse, je ne sais vraiment pas, j'ai sans doute un problème à régler avec cet instant qui règle justement et définitivement tous nos problèmes et qui nous attend tous au bout du chemin ou d'un virage, puisque, pour le moment, à ma connaissance, personne n'est parvenu à ne pas mourir. Au fond, les gens qui ne s'intéressent pas à leur dernière seconde ou qui feignent de s'en foutre me paraissent bizarres. Au contraire, les marins et les pirates qui se tatouent le corps pour qu'on puisse les reconnaître quand ils seront à l'état de charognes me paraissent sains d'esprit.

Ce soir-là, sur la route pour Mourmansk, mes yeux jouaient au ping-pong entre la route et l'écran, je voyais défiler à travers le pare-brise un paysage de campagne nocturne, neutre, et simultanément sur l'écran, le décor habituel où se jouaient mes tragédies automobiles, je voyais les chiffres numériques de la date et de l'heure, les mêmes que sur les vidéos. La mise en abîme mouillait mes paumes et le conducteur le sentait. Il percevait les ondes que je dégageais, sa bagnole puait la peur, alors il a tourné lentement la tête vers moi, mouvement mécanique, le temps nous transforme en automate déglingué, il m'a tendu une cigarette russe dont chaque bouffée vous retire dix années d'existence, je la vois encore cette minuscule allumette blanche entre ses gros doigts dodus, et puis il a appuyé sur un bouton rouge placé à droite du tableau de bord. Un nouvel écran encastré sur la plage avant s'est déplié comme dans un film de James Bond. Soudain, Elton John est entré dans la voiture. Il était au piano dans un vieux clip des années 1980 et chantait dans la Volga. Il était habillé d'un pantalon rose, portait un canotier et d'immenses lunettes en forme de cœur. Le vieil homme rond m'a fait un clin d'œil et s'est mis à fredonner d'une voix de basse les paroles de « Can You Feel the Love Tonight ». Son visage a changé de nature, il avait rosi, il s'oxygénait, prenait de l'ampleur tandis que son pied écrasait la pédale de l'accélérateur. Les forêts de bouleaux nains défilaient plus vite encore. Je regardais les images glaciales de la dash cam, je le regardais fredonner, je regardais Elton John et je savais que j'allais mourir. Je savais que j'allais mourir, mais je n'avais plus peur. Au contraire, comme mon chauffeur, je rythmais d'un mouvement de tête le refrain de la chanson. Jusqu'à l'hôtel de Mourmansk, j'allais arborer ce sourire un peu niais, un peu fataliste, le sourire doux de celui qui accepte son sort et de bon cœur encore. Je refusais de finir contre un arbre au nord du cercle polaire arctique à bord d'une Volga pilotée par un type sur le cou duquel se forment deux ballasts de gras quand il penche la tête. Mais je voulais bien partir à côté d'un vieux Russe rondouillard qui me chantait une chanson d'Elton John en fumant une brune infumable tandis que sur ses écrans, le film d'horreur et les lunettes en forme de cœur se livraient un combat sans merci pour s'accaparer notre destin. En un clin d'œil, par le truchement d'une clope et d'une chanson, je venais de troquer la trouille contre l'acceptation sereine du vieil Indien qui s'éteint. Le courage, la lâcheté, la peur, l'insouciance ne sont peut-être que des états quantiques finalement, des images floues qui dépendent des circonstances, des interprétations, du statut de l'observateur et qui changent tout le temps, à toute vitesse. On prête aux gens des traits de personnalité sur la foi d'impressions, on interprète les caractères d'un visage, un menton « volontaire », un nez petit qui « trahit un caractère peu affirmé », ou bien plus simplement à la lumière d'une expérience en apparence décisive, « j'ai vu sa réaction, il n'a pas flanché, on peut lui faire confiance », « elle a crié, c'est une petite nature », ces micro-jugements souvent jamais exprimés ailleurs que dans le silence intérieur ou bien dans le dos des intéressés et dans les ricanements entendus, « c'est un coureur », « elle est ambitieuse », « il n'a pas de couilles », mais qui définissent, figent, étiquettent et sérient. Ils ne sont la plupart du temps que des images arrêtées, de petits blocs de flou figés par le flash d'un regard biaisé où aucune vérité ne se cache, de faux panneaux rassurants mais qui n'indiquent rien d'autre qu'un chemin parmi mille autres possibles, pas simplement l'état partiel d'une personne à un instant *t* par rapport au suivant, mais l'instant *t* d'un homme en regard des mille autres hommes qu'il est aussi au même moment. Un état quantique de la personnalité, ou alors, pour plaire à Einstein et contrarier Schrödinger, une forme de relativité du moi. C'est ce que je m'étais dit en fumant une dernière cigarette au balcon de ma chambre d'hôtel, en regardant, bien vivant et bientôt enrhumé, les brise-glace dormir dans le port de Mourmansk.

Un foot au pôle Nord

On s'ennuie en cargo, mais aussi en voiture, alors, parfois, pour tuer le temps, on se raconte des histoires. À ma connaissance, il n'est jamais monté dans un cargo, Yuri, mais il a des milliers d'histoires à raconter. Photographe de guerre, il a couvert le conflit en Irak pendant les pires années, quand plus personne ne voulait s'y rendre ; au tout début de sa carrière, il s'est écrasé en hélicoptère avec des chasseurs qu'il avait photographiés pendant qu'ils massacraient des bébés phoques et n'a été sauvé du crash que par la présence des centaines de boules blanches mortes entassées dans l'appareil. Les douces peluches ont servi d'airbags naturels lors du choc. Ses photos, publiées partout, ont conduit à l'interdiction de ce type de massacres au début des années 1990.

On filait sur une route magnifique entre des forêts de bouleaux courts sur pattes, juste avant la taïga polaire, quand il m'a raconté cette histoire. Partis de la ville de Kirovsk, on remontait vers la mer de Barents au nord de Mourmansk, nous visions la ville fantôme de Tériberka, l'un de ces bouts du bout du monde dont la Russie regorge. On y serait accueillis par des chemins de boue, des immeubles fantômes, quelques types titubants, abrutis d'alcool, des paysages à couper le souffle et une mer uniquement sillonnée par les sous-marins nucléaires de la flotte russe.

On avait passé la première partie du voyage à regarder le paysage à travers les vitres sales d'une Mercedes conduite par une Russe silencieuse qui portait des gants en cuir noir. Nous avions d'abord traversé un champ de ruines impressionnant, une ancienne usine soviétique détruite après la perestroïka et laissée en l'état depuis. Les décombres s'étendaient à perte de vue. Sur l'un des rares murs encore debout, une inscription en lettres géantes proclamait : « Notre objectif, c'est le communisme. » Je repensais à cette maxime de Mme de Staël qui me poursuit comme le coyote poursuit sa proie dans les Tex Avery de mon enfance : « Les Russes n'atteignent jamais leur objectif : ils le dépassent. » « Cela me fait penser à Grozny pendant la guerre », avait sifflé Yuri en mitraillant le désastre. Quelques heures plus tard, de chaque côté de la route, on s'était aperçu que la forêt était séchée sur pied, comme si une pluie acide l'avait soudain figée et jaunie. Tous les arbres étaient morts, mais encore debout. Un peu plus loin, on avait trouvé le tueur : la gigantesque usine de nickel de Monchegorsk. Des dizaines de cheminées crachaient des fumées jaunes qui noyaient la ville où vivaient les familles des ouvriers dans un brouillard mortel. On s'était arrêtés devant des lacs aux eaux noires. Le paysage était froid, d'une beauté désolée et terrible. Tout était silencieux, pas un oiseau, pas un insecte, probablement pas un poisson. C'était la première fois que je voyais une nature morte. Yuri m'a alors soufflé le nom de ce Tchernobyl lent : « C'est l'usine Jolie Nature. » Je l'ai regardé, incrédule. « Je te promets que c'est vrai. » On a ri. Ce nom de baptême m'a rappelé une vieille histoire russe, aussi noire qu'authentique. Préoccupée par la multiplication des évasions, Élisabeth Petrovna (fille de Pierre le Grand et Catherine Ire, impératrice de 1741 à 1762) demande à Tatichief, son ministre de l'Intérieur, d'y remédier. Après mûre réflexion, celui-ci revient, tout heureux, avec une collection de fers à marquer sur lesquels on peut lire : VOLEUR, VIOLEUR, BLASPHÉMATEUR, etc. Devant cette solution pour le moins radicale, un débat s'engage.

— On ne peut pas faire ça, argumente un autre conseiller d'Élisabeth. Et si on se trompe ?

— Aucun problème, réplique le chef de la police. Il suffit de prévoir un autre fer sur lequel on aura marqué « PAS ». Ainsi, en cas d'erreur, nous pourrons rectifier. Celui qui aura été accusé et marqué à tort « VOLEUR » se verra transformé en « PAS VOLEUR » et le tour est joué !

Cette mesure barbare fut appliquée dans tout l'Empire. Les autorités russes devraient aujourd'hui apposer un « PAS » devant le panneau « Jolie Nature » de l'usine de nickel de Monchegorsk.

Avec Yuri, on est remontés dans la voiture. Et puis, pour se détendre, pour se donner chaud, on a commencé à se raconter des histoires. Je n'ai pas oublié la sienne.

Elle se déroule en 1996, lors de la campagne présidentielle russe. C'étaient les années folles, la liberté, la violence, l'effondrement. Les années pendant lesquelles les oligarques ont construit leur fortune et la plus grande partie des Russes tiré le diable par la queue. « Des années horribles, on n'avait rien à manger », dira tout à l'heure Vadim, 31 ans, motard arctique équipé d'une barbe longue et hirsute. Mais en 1996 fut aussi organisée la seule élection présidentielle vraiment démocratique en Russie. Démocratique en ce sens que chaque candidat pouvait gagner. Yuri lui, à l'époque, était un jeune et fringant photographe de guerre. Il goûtait avec jubilation à la dinguerie du Moscou des années 1990. Il revenait tout juste de Tchétchénie et avait rendez-vous comme onze autres reporters et journalistes avec un candidat potentiel à l'élection présidentielle. Un homme d'affaires plein aux as, mais d'une grande générosité avec les vieux, avec les pauvres, selon Yuri. Pourtant le généreux homme d'affaires est à l'époque inconnu du grand public, ce qui est tout de même préjudiciable avant une élection présidentielle, même en Russie. Avant de se porter candidat, il veut donc rencontrer ces journalistes, se faire connaître d'eux, sympathiser. Appelons-le Serguey. Les hommes se retrouvent au lieu de rendez-vous convenu, une jolie bâtisse moscovite, ils discutent, certains se revoient pour la première fois après la Tchétchénie ; ils boivent un peu de vodka, se désaltèrent, s'hydratent. L'ambiance est bonne. La maison est belle. Selon Yuri, elle a inspiré à Boulgakov son *Maître et Marguerite*. Et puis, soudain, Serguey, très hydraté, a une idée que d'aucuns pourraient juger folle, mais que nous qualifierons plutôt d'épatante. Il s'écrie : « Eh les gars, et si on allait faire un foot au pôle Nord ? » À ce point du récit, il faut rappeler que selon Google Map, 3812 kilomètres séparent cette soirée arrosée à Moscou et le frais pôle Nord du mois d'avril, à peu près la distance qui sépare Paris de Dakar. Mais bon, la nuit est encore jeune, il est à peine 4 heures du matin. Et puis, curieuse coïncidence, il y a un ballon de football dans la maison. Alors après tout, pourquoi pas ? Davaï ! Serguey décroche son téléphone. Loue un avion. De ligne. Tout est possible à cette époque en Russie. Tout. Pourvu qu'on ait la somme. Quelques verres pour la soif, et les voilà qui décollent, hilares, vers la bonne ville de Krasnoyarsk. En chemin, ils omettent de prévenir leurs conjointes, mais ont pris soin de demander à un groupe de rock underground de les accompagner. Parce que sans musique, c'est bien connu, on ne fait que parler et on finit par s'ennuyer. Davaï !

À ce point du récit, je propose une minute de silence sur le pont du *MSC Cordoba* à la mémoire des membres de ce groupe de rock des années 1990. Selon Yuri, pour des raisons souvent liées à une absence totale de goût pour les précautions et un tropisme prononcé pour les drogues, aucun de ces jeunes hommes n'a hélas vu vivant les années 2010.

Pendant le vol, il se passe une chose étrange : certains reporters reprennent peu à peu leurs esprits. Ils se rendent compte qu'ils n'ont prévenu personne. C'est mal. Heureusement, il y a de la vodka dans l'avion. C'est bien. Davaï. Ils atterrissent donc à l'aéroport de Khatanga à Krasnoyarsk, « complètement ivres » selon Yuri, qui exagère rarement, hélas, et n'est pas du tout ce genre de gilets à poches qui va monopoliser la parole pour raconter ses histoires d'ancien combattant en grossissant la moindre péripétie. Là-bas, ils prennent un nouvel avion, plus petit, qui les emmène sur une base polaire russe. Tout est payé, tout est possible. Sur la base, un hélicoptère prêt à décoller, loué aussi par l'homme d'affaires, attend le petit groupe. Pas de chance, l'hélicoptère n'est pas assez grand pour accueillir tout le monde ! Faut-il tout annuler ? « On n'a qu'à tous se mettre debout », propose quelqu'un. Davaï. Et les voilà partis, collés les uns contre les autres comme des manchots empereurs dans la tempête, dans un hélico qui s'envole vers le pôle Nord géographique. Cette promiscuité improvisée est une chance puisque, dans l'enthousiasme, personne n'a pensé à prendre un manteau. Et bientôt, les joyeux drilles débarquent de leur hélicoptère et foulent le pôle Nord en chaussures de ville. Par miracle, quelqu'un a pensé à prendre le ballon de football. Ils jouent donc leur partie, même si le froid les mord un peu.

Et c'est à cet instant que déboulent du fond de l'horizon une douzaine de chiens et, derrière les chiens, un traîneau. Sur le traîneau, un homme suréquipé, un aventurier, une sorte de Nicolas Vanier, qui sue depuis deux semaines. Deux semaines de solitude, d'étendue givrée, deux semaines de souffrance, mais cela valait la peine. Oui, ça valait le coup de se battre contre soi-même, bientôt la victoire, le pôle, le bonheur de se vaincre, le cri intérieur. Dans l'isolement total. Oui, mais hélas mon vieux, non. Une nuée de Russes en tenue de ville joue au football juste devant lui. « Hé, mec, tu veux un verre ? » propose un des gaillards. Yuri n'a pas su me donner la nationalité de cet aventurier probablement tombé en dépression après cette aventure. En revanche, il se rappelle très bien que quelques jours plus tard, il a dû exhiber à sa femme le tampon « North Pole » imprimé sur son passeport pour qu'elle accepte de croire l'excuse donnée pour expliquer son absence et son silence : « J'étais parti jouer au foot au pôle Nord avec des copains. » Davaï.

Les larmes inattendues

Yuri, comme tant d'autres photographes, a pensé à raccrocher le gant après avoir couvert la prise d'otages de l'école de Beslan, pendant laquelle 344 personnes ont perdu la vie, dont 186 enfants. D'autres n'ont plus jamais touché à leur appareil photo. Deux ans avant la tragédie, Anna ne touchait pas à sa bière dans les sous-sols aménagés sous la place du Manège à Moscou. C'était il y a un siècle, mais je me souviens de cet instant comme s'il n'avait jamais cessé de s'écouler. On enquêtait sur les Tchétchènes réfugiés à Moscou, on sortait d'un rendez-vous éprouvant dans une association en banlieue. Anna était ma traductrice. Elle était étudiante, francophile, pas trop portée sur la politique. Elle parlait vite, elle était toujours joyeuse, pleine de vitalité, espiègle, sûre d'elle. Une vieille dame nous avait accueillis dans un de ces appartements qui sentent l'oignon et le poireau. La vieille dame s'appelait Zaïnab, on pouvait la trouver sous une boule de cheveux denses et blancs et une paire de lunettes. Héléna, une jeune femme qui avait perdu son mari un mois auparavant dans les combats à Grozny, nous avait servi un thé au jasmin. « Je comprends ceux qui se radicalisent, ceux qui se suicident », avait-elle dit. J'avais été frappé par la blondeur d'Héléna. C'était tout à fait stupide, mais j'imaginais que tous les Tchétchènes avaient la peau mate et les cheveux noirs. Une idée reçue façonnée par les fantasmes et les images télévisées où les Tchétchènes n'avaient souvent plus qu'un seul visage, celui d'un combattant barbu au teint hâlé. Héléna avait les yeux bleus, le teint clair, les cheveux blonds, comme tant d'autres Tchétchènes. Son amie Zaïnab défendait les droits des Tchétchènes alors que Grozny explosait sous les bombes. Zaïnab nous avait montré des images horribles. Anna traduisait en français. Avant d'atteindre mes oreilles, les tragédies tchétchènes passaient dans la bouche russe d'Anna et ça brûlait. On découvrait les « fagots humains » : des hommes étaient ficelés les uns aux autres et une grenade était lancée au milieu des corps. Ça ne faisait pas de belles photos, ça ne faisait pas de beaux mots dans la bouche d'Anna dont le visage, peu à peu, changeait de nature ; je voyais distinctement quelque chose se désagréger dans ses traits. Sur les photos, il y avait aussi des mines étranges, des mines peintes de couleurs vives, bleu, rose, rouge, orange, des mines pour attiser la curiosité des enfants. Zaïnab tournait les pages d'un album photo, le même genre d'album que d'autres utilisent pour revisiter leurs vacances au coin d'un canapé et revivre en hiver les instants des joies de l'été. Zaïnab commentait d'une voix monocorde, Anna traduisait avec des intonations fortes. Les enfants en petits morceaux, l'odeur d'oignon, de poireau, la bouche d'Anna qui tremblait. Anna ne savait pas grand-chose de la guerre en Tchétchénie, elle n'en savait que ce qu'en racontait la télé russe. Et la télé russe ne parlait pas des mines colorées ni des fagots humains. Après un long moment, nous avons pris congé, Anna n'a rien dit en quittant l'immeuble décati de la banlieue de Moscou, elle n'a rien dit dans le métro, elle n'a rien dit quand on a fait quelques pas dans la neige sale de la place Rouge. Une bière dans les sous-sols de la place du Manège, on méritait bien ça. Pour détendre l'atmosphère, je lui ai raconté ma blague favorite. « C'est l'histoire d'un manchot antarctique qui respire par les fesses. Un jour, il s'assoit et il meurt. » Et c'est enfin sorti de ses yeux, sans un bruit, une mousson silencieuse qui dévastait son maquillage. Polie, elle a relevé le nez, elle m'a souri, toujours sans dire un mot, puis son sourire est tombé dans sa bière. On est sortis, et puis je l'ai raccompagnée au métro.

JOUR 3

AU LARGE DU PORTUGAL

Le cargo commence à me digérer. L'océan me dissout peu à peu. Je ne vérifie plus l'état du réseau sur mon téléphone portable. Je ne cherche plus à m'occuper l'esprit. Le voyage commence vraiment maintenant.

Je n'ai quasiment parlé à personne aujourd'hui et je n'en ai pas ressenti le besoin. J'ai mangé seul à midi et à dix-huit heures. Le soir, j'ai laissé l'équipage aspirer sa dose de blockbusters quotidienne (Hulk cette fois-ci, ce qui m'a rassuré sur leur addiction aux vampires) et je suis retourné dehors. J'ai croisé Maïté ce matin, nous nous sommes salués et nous sommes retournés à nos inactivités respectives. Ce simple sourire échangé m'a rassasié pour la journée. J'ai passé la plus grande partie de mon temps dehors à regarder l'océan. J'ai écouté « Il était une fois dans l'Ouest » d'Ennio Morricone et « Hard to Cry » des Bewitched Hands en boucle. Plus je fixais l'océan, plus j'avais l'impression que c'est lui qui me fixait.

Après le déjeuner, je suis parti faire une balade tout seul tout autour du cargo. Le temps calme le permettait. J'ai juste dû prévenir la passerelle de mon départ et les rappeler à mon retour. *Safety first.* C'est inscrit partout sur le bateau, sur les portes, dans les escaliers. J'ai enfilé mon casque de chantier et mes lunettes de soleil et j'ai filé vers la proue avec mon air de Village People écouter l'étrave du cargo fendre la mer en deux. En chemin, j'ai rencontré Joseph, 21 ans, apprenti criblé d'acné. Il était en train de repeindre des morceaux d'acier rongés. En septembre, il aura bouclé une année entière sur le *MSC Cordoba* et s'en ira retrouver sa famille, son île, ses plages de sable blanc.

À l'avant, on n'entend plus le bruit des moteurs, juste le son des vagues formées par le déplacement du navire. Des moutons peluchaient à l'horizon, mais le vent fort portait le cargo par l'arrière et l'immense coque de métal noir glissait comme une lame de rasoir sur les vagues. Le *Cordoba* part parfois en surf et le bouillonnement des vagues autour de sa coque blanchit le bleu profond de l'océan, comme si on jetait des tonnes d'aspirines effervescentes dans son sillage.

À la proue, à la pointe extrême, j'ai glissé la tête à travers le trou où passent les aussières lorsque le cargo est à quai, et j'ai regardé le bulbe de l'étrave avancer sous l'eau translucide pendant un moment.

Je ne suis pas sûr qu'une telle activité soit légale, mais le vertige et l'ivresse en valaient la peine. J'ai même filmé la scène avec mon téléphone portable qui me sert d'appareil photo et de baladeur, ce qui reste un réflexe de gamin, un réflexe de terrien.

Et puis je me suis miré dans le bleu hypnotisant de l'Atlantique. Regarder la mer pendant des heures est une activité mystique qui vous habille d'une robe de bure invisible. À la longue, l'océan se mue en écran sur lequel se projettent des images floues. J'ai repensé aux événements de l'année écoulée, à l'attentat de *Charlie Hebdo*, à Antonio, mon voisin de palier qui y travaille et qui a survécu parce qu'il assistait à l'enterrement de sa vieille tante à l'heure de l'attaque. Un enterrement qui sauve une vie, cela n'arrive pas tous les jours. J'ai repensé à mes amis de promotion d'école de journalisme partis cette année à 41 ans à peine, Olivier, le cœur, Ghislaine, le cancer. Ils auraient aimé cette traversée. Chacun d'entre eux regardait peut-être la mer les yeux dans les yeux l'année dernière, comme je le fais aujourd'hui. Ils sont maintenant poussière.

Devant cette paix étendue à l'infini, j'ai encore pensé aux civils qui meurent en Syrie, en Afrique, à ces milliers de migrants qui se noient dans la Méditerranée où nous naviguerons bientôt, à tous ces désespérés qui fuient la violence et la haine en prenant tous les risques. Sur l'écran bleu de l'océan, j'ai aussi projeté les vidéos horribles diffusées régulièrement par l'État islamique. Les membres de Daech devraient profiter de leurs vacances pour voyager en cargo. Le monde est plus beau, vu de l'eau.

J'ai enfin pensé aux derniers rapports scientifiques qui expliquent à quel point notre planète est cabossée, usée, rouillée, son calfatage part en miettes, les écrous se desserrent, tout va craquer. J'ai repensé à tout ça et puis j'ai avisé l'océan en attendant une réponse, un geste, un dauphin qui saute, un poisson volant, mais l'océan n'a rien dit. J'ai l'impression qu'il se laisse faire, j'ai l'impression qu'il sait et qu'il s'en fout. Il nous survivra de toute façon.

Plus tard, en revenant vers ma cabine, j'ai repéré un groupe de dauphins qui remontaient vers le nord. Tout de même. Hélas, ils n'ont pas cherché à jouer avec notre étrave. Ils nous ont ignorés comme des oiseaux migrateurs obsédés par leur destination snobent les chasseurs. Chaque fois que je vois des dauphins, je perds trente ans d'âge mental et un gamin bondit dans mon crâne en hurlant de joie. Je ne m'explique pas pourquoi la vue des cétacés provoque chez les terriens cette jubilation enfantine. Il paraît que le sang qui court dans nos veines et l'eau de l'océan partagent exactement le même taux de salinité. Il se cache peut-être ici le secret qui nous lie aux dauphins plus qu'à aucun autre animal, le taux de sel dans notre sang, notre taux d'océan.

En revenant de ma balade, j'ai croisé Ruben. Tout de go, il m'a expliqué que s'il était célibataire à 39 ans, c'était parce qu'il était très croyant, catholique romain, qu'il suivait les préceptes de la Bible et que sa dernière petite amie ne correspondait pas vraiment aux critères de ce qu'il lisait dans la Bible : « Mais je ne m'inquiète pas, je vais trouver. » Je n'ai pas posé de questions, je n'ai pas demandé de détails. Je lui ai juste parlé de mes dauphins. Il m'a répondu qu'il avait vu une baleine ce matin. Il en a parlé comme s'il avait vu un pigeon. Je lui ai fait promettre de me prévenir la prochaine fois qu'il en verrait une. Il m'a aussi remis la liste des objets cachés dans les conteneurs réfrigérés, les seules marchandises connues par l'équipage avec les liquides dangereux : produits pharmaceutiques (maintenus à 20 °C), légumes (10 °C), citrons (10 °C), viande de bœuf congelée (- 20 °C), chocolat (16 °C), poissons congelés (- 20 °C)... Nous transportons donc des citrons de la Belgique vers la Turquie. Pour me remonter le moral, je me dis que si l'on s'échoue sur une île déserte, au moins, on aura du chocolat.

J'ai encore manqué ce satané rayon vert. Je commence à penser que c'est une légende urbaine ou plutôt maritime. Cette nuit, à 23 heures, je suis allé visiter la salle de commande plongée dans l'obscurité et simplement éclairée par les écrans où figurent la position du *Cordoba* et des autres bateaux. Glenn était à la manœuvre. Il a 32 ans, il est le deuxième officier du bord. Son père aussi était marin. Il ne l'a quasiment pas croisé pendant toute son enfance. L'océan. « En tout, on n'a dû se voir que quelques mois », a-t-il dit d'une voix douce. Glenn est en mer depuis sept mois. Dans quinze jours, c'est la quille. Il reviendra aux Philippines pour épouser sa petite amie, patiente. Comme chez les autres marins, l'idée de ne pas voir ses enfants grandir l'angoisse un peu. « J'essaie de ne pas y penser. »

Glenn m'a expliqué qu'un membre de l'équipage gagnait 1 500 euros par mois sur le bateau et un officier, 3 000, dix fois plus que ce qu'ils empocheraient aux Philippines. D'habitude, Glenn repart en mer après deux ou trois mois passés sur terre ; exceptionnellement, pour organiser son mariage, il passera six mois chez lui. Il m'a dit que nous atteindrons le détroit de Gibraltar demain matin à 9 h 43. Nous sommes portés par le vent et par la houle. C'est donc notre dernière soirée dans l'océan Atlantique. J'ai lu dans un magnifique bouquin consacré aux bourlingueurs qui naviguent en cargo cette citation d'Aristote : « Il y a trois sortes d'hommes : les vivants, les morts, et ceux qui vont sur la mer. » Ruben, Angelo ou Glenn sont de ceux-là. Moi, je suis un terrien qui commence simplement à se faire tordre de l'intérieur par l'océan. Mon rapport au temps se distend, mon rapport aux gens se renforce, je me sens à la fois immensément minuscule et présent à moi-même comme rarement. Pour la première fois depuis des années, je m'entends respirer et l'ennui ne m'ennuie pas. En quittant Glenn, je suis monté sur la tourelle la plus haute du cargo, là où tournicotent les antennes radars. Je dominais tout le bateau qui avançait dans la nuit et, pendant quelques secondes, je ne me suis pas senti minuscule. Non, je faisais partie du tableau, j'étais lié à l'océan et à l'immensité du ciel étoilé, j'avais gagné ma place.

J'ai pensé à tous ces marins philippins déracinés. À Ruben, l'éternel célibataire, à Ramis, le steward de 22 ans qui m'a accueilli à bord et m'a donné quelques rudiments de philippin – je sais dire, bonjour, délicieux, merci et je t'aime. Ils sourient toujours, rien ne semble les atteindre, ils gravitent loin de notre univers de citadins grincheux et cet air enjoué malgré la solitude et la rudesse du quotidien m'a rappelé d'autres visages aux yeux aussi bridés que les leurs, croisés très loin de la mer, très loin d'ici. S'est ouvert alors un conteneur étrange, plein de fureur, de kalachnikovs, de peur, mais aussi de tranches de saucisson, de fromage, d'envie de vivre comme ailleurs, de bouddhas gigantesques, de falaises de grès rose, de lacs bleu cobalt et d'hommes debout.

Un barbecue à Kaboul

Le vin coule à flots, les parfums de saucisson et de fromage se disputent l'air brûlant aux effluves de viande grillée. Raphaël pique les steaks et les retourne tandis que son colocataire Martin, torse nu, effilé comme un cutter, multiplie les séances de tractions dans la cour, devant la porte fermée à double tour et le regard blasé du gardien assommé par la chaleur. Martin ne peut plus courir dans les rues de Kaboul comme il aimait le faire, tous les jours, pour se tenir en forme ; l'ambiance y est si tendue qu'on pourrait presque apercevoir les molécules de stress flotter dans l'air sale, pollué par la circulation chaotique. Dans un an se tiendra l'élection présidentielle. Tout le monde attend. L'économie fonctionne au ralenti, les investisseurs sont frileux, l'insécurité, maximale. Les talibans ne sont pas loin, derrière les crêtes qui entourent la ville, ils attendent aussi leur heure. Dans le désert fleurissent les trafics en tout genre : drogue, armes, minerais, pierres précieuses. Tandis que l'armée de l'OTAN reflue, les armes s'aiguisent entre factions afghanes rivales. Chacun veut sa part. Tous alliés contre le président Karzaï, mais après ? En écoutant Martin et Raphaël, tandis que la graisse suinte de la viande et crépite sur les braises du barbecue, je comprends qu'il n'y a pas une force talibane, mais des seigneurs de guerre partout, des franchises souvent plus proches du grand banditisme que des guerres de religion.

Je suis censé partir à Bamiyan demain, mais les routes sont des coupe-gorge. Je prendrai l'avion. Ces dernières semaines, un enlèvement et un viol collectif ont été perpétrés dans le quartier des expatriés de Kaboul. Les gens ne sortent plus. Rongent leur frein comme ils peuvent, barricadés chez eux en comptant les jours. Les regards sont plus fixes qu'ailleurs, les pupilles plus dilatées, les mains, toujours en mouvement, se frottent les unes aux autres, l'angoisse se lit partout. Martin enchaîne une énième série de pompes, on dirait qu'il veut se faire éclater le torse, la cage thoracique, les biceps, il sue à grosses gouttes. Raphaël le regarde sans rien dire, il plisse juste un peu les yeux quand il tire sur sa cigarette. Dans son sac en cuir posé le carrelage de la terrasse, juste à ses pieds, un pistolet Glock chargé monte la garde.

Entre les villes d'Afghanistan, plus ou moins protégées, le territoire n'est contrôlé par personne.

L'antenne de la boîte de production Babel Press qui inonde de sujets les médias français a fermé ses portes à Kaboul pour s'installer à Islamabad. Kaboul est vraiment redevenu dangereux après deux années de calme relatif. Ceux qui travaillent dans les ONG changent leurs horaires tous les jours pour organiser l'imprévisibilité et éviter les enlèvements. À 26 ans, Martin travaille pour Amitié franco-afghane. Ça le rend malade d'avoir dû abandonner ses footings. Il avait pourtant quatre itinéraires différents et il en changeait tout le temps. Mais l'atmosphère est devenue trop lourde. Le danger, lancinant. Pour un journaliste de passage, ce n'est pas très dangereux et facilement supportable. Mais pour ceux qui ont des habitudes, un train-train, à la longue, c'est usant. Les talibans ont lancé deux attaques ces trois dernières semaines. Un camion piégé et un assaut à l'arme légère du palais présidentiel. Souvent des attaques suicide broyées dans l'œuf. Mais l'effet psychologique est saisissant.

En ce premier jour de Ramadan, tout fonctionne au ralenti. Je coupe des tranches de saucisson. Raphaël et Martin, comme tous les expatriés français, mangent davantage de fromage et de charcuterie que n'importe quel Français de France. La filière est approvisionnée par les colis, l'ambassade, les amis de passage, les va-et-vient des coopérants. Raphaël est un ancien mercenaire de 38 ans reconverti dans le commerce d'émeraudes afghanes. Ancien parachutiste. Sécurité privée. Il a formé pas loin de trois mille Afghans aux techniques de la guerre depuis six ans. Chaque fois, on lui a livré des groupes de quarante hommes qu'il devait transformer en soldats en dix jours. Il lui aurait fallu un an pour faire du bon travail. Les recrues savent souvent manier la kalachnikov mais ne connaissent aucune règle de sécurité. Beaucoup se sont déjà tiré dessus tout seuls. Raphaël a croqué dans une tranche de saucisson : « Ce qui me rend le plus triste, c'est de savoir que beaucoup sont morts parce que je n'ai pas eu le temps de bien les préparer. » La plupart des services de sécurité privés, interdits aujourd'hui après quelques bavures, étaient anglo-saxons. Raphaël, le frenchie, le fils de commissaire d'origine kabyle, ne comprenait pas leur code. « En gros, pour moi, ils étaient tous débiles et ne pensaient qu'à boire et à tirer. » Il a préféré travailler avec des Afghans. Il a escorté plusieurs convois de fuel dans des régions dangereuses. Dix ou vingt camions dans le désert. Cinq cents hommes d'escorte. Deux mois à manger du gras de mouton et à bivouaquer sous les étoiles avec la peur au ventre.

Une escorte de cinq cents hommes armés jusqu'au Pacol, cela donne un mot : testostérone. Pachtounes, Ouzbeks, Hazaras, Tadjiks, les hommes se mélangent peu ou mal. Se détestent parfois. Essaient de se tuer. Ils sont censés former une équipe. Ils se lancent des contrats sur la tête des uns et des autres. Je les imagine coincés pour neuf jours de navigation sur un cargo. Et Raphaël, au milieu de ce jeu de massacre, essaie de prévenir les coups. Le soir dans les tentes, souvent, un soldat plus jeune que les autres est violé. Une fois, Raphaël a dû envoyer un gamin de 14 ans à l'hôpital pour dix jours. Il portait des traces de morsures sur les épaules. Raphaël s'allume une nouvelle cigarette en racontant cette anecdote et part dans l'un de ces rires étranges, tristes, ces rires qui ne rient pas. Il a vécu pas mal de vies, Raphaël. Vu des choses que normalement, personne ne voit.

Dans le Sud, en 2010, dans la région Helmand, la plus dangereuse d'Afghanistan, Raphaël patrouillait avec Aziz, la cinquantaine, un ancien moudjahidin, du genre incassable, le type d'homme que l'on veut à tout prix auprès de soi dans les coups durs. Aziz a combattu avec le redoutable et redouté Gulbuddin Hekmatyar, ennemi intime du commandant Massoud. « Aziz ne parle pas, il gueule. Au début, je croyais qu'il était en colère. En fait, s'il gueule tout le temps, c'est qu'il est sourd. Les explosions », a rigolé Raphaël. Comme tous les Pachtounes, comme tous les Philippins à bord du *MSC Cordoba*, Aziz ne sait pas prononcer correctement le son « f ». Il ne sait pas dire « Raph », alors il dit « Rap ».

« Rap, Rap ! Regarde ce que j'ai trouvé ! » dit Aziz ce matin-là en garant sa voiture. Raphaël s'éveille d'une longue nuit agitée et inconfortable. Méfiant, il regarde dans le coffre ouvert de la vieille bagnole déglinguée. Il y découvre douze « IED » ramassés par Aziz sur la route. IED, un acronyme anglo-saxon qui signifie : Improvised Explosive Device. Les IED ont causé la mort de la grande majorité des soldats occidentaux tués en Irak et en Afghanistan. Ce sont des explosifs artisanaux particulièrement instables. Dans la cour, Martin continue ses tractions, infatigable. Raphaël reprend du saucisson, puis son récit : « Ça suintait de partout. De la dynamite pourrie. » « Je lui ai dit, Aziz, mais t'es dingue ou quoi, t'as trimbalé ça dans ta voiture ! Tu veux nous faire tous sauter ? » Aziz n'a rien dit, fier, invincible, les deux pieds bien ancrés sur cette frontière subtile qui sépare le courage de la stupidité. « On a appelé les démineurs américains de l'ISAF, raconte Raphaël. Lui, il a dormi avec les douze IED dans sa tente. Moi, j'ai déplanté la mienne et j'ai dormi très loin. » Le lendemain matin, curieusement, Aziz n'était pas mort. Les démineurs américains sont venus. Et ils ont emporté les explosifs. Une grande tristesse s'est alors emparée de l'escorte. Tous les hommes espéraient que les Américains feraient sauter les explosifs devant eux, ils s'attendaient à un beau feu d'artifice. Un divertissement. De l'action. Aziz était peut-être le plus déçu d'entre eux. Il s'est mis en colère « Je suis sûr qu'ils vont les revendre aux talibans ! On aurait dû les vendre nous-mêmes au bazar ! » Raphaël a sondé son regard, il y a cherché les indices d'une plaisanterie, de la malice. Ce n'était pas une blague. C'était un cri du cœur. Alors, pour la forme, Raphaël a rappelé à Aziz que les Américains n'allaient certainement pas revendre leurs explosifs aux talibans, ils avaient déjà perdu quatre mille hommes à cause de ces foutues bombes artisanales. Il lui a aussi fait remarquer que s'il avait revendu ses IED au bazar, ils auraient probablement fini par se retrouver sur les pistes et par tuer ses propres hommes. Aziz n'a rien dit. Le chef de guerre a simplement boudé. On lui avait volé un feu d'artifice. « C'est à cet instant précis que j'ai compris l'Afghanistan. Il n'y a absolument rien à comprendre », a dit Raphaël en finissant son verre de vin, tandis que Martin, luisant de sueur, le regard fou, continuait son interminable séance de tractions.

La chambre des Hazaras

Nous sommes assis, en cercle, dans une chambre d'étudiant modeste sise sur la rue centrale de la ville de Bamiyan. Le thé est servi, une dizaine de garçons vivent ici. Au loin, la falaise de grès rose où se dressaient les deux gigantesques bouddhas anéantis par les talibans en 2001 porte sur l'horizon ses deux niches vides, son regard mort.

Il faut une demi-heure pour rejoindre Bamiyan en avion, dix heures par la piste, très dangereuse depuis deux ans. Des bandes de criminels ou des talibans y lancent régulièrement des attaques. Tuent, volent, violent. Va pour l'avion. La région de Bamiyan est pauvre, balayée par un hiver interminable, perchée à 2 500 mètres d'altitude. Paysages à couper le souffle, taillés dans des canyons de grès striés de veines vertes où courent des rivières d'eau pure. À 60 kilomètres de Bamiyan, les lacs de Band-e Amir sont déconcertants de beauté. Eaux turquoise, profondes, poissonneuses.

Autour de la ville de Bamiyan et de ses 60 000 habitants, des champs de pommes de terre ou de blé, des plantations de peupliers pour la construction. Beaucoup de gens vivent chichement dans les milliers de grottes creusées en même temps que les bouddhas par les moines. Les habitations non troglodytes sont en brique cuite. Une beauté simple et dure. Les habitants, des éleveurs de l'ethnie turco-mongole hazara, sont pacifiques. Peut-être trop. Pendant des siècles, ils ont été dominés par les Ouzbeks ou les Pachtounes. Parfois mis en esclavage. Rejetés. Souffrant de discrimination systématique, cantonnés aux métiers subalternes à Kaboul. Les Hazaras sont chiites dans un pays entièrement sunnite, mais ils vivent au cœur du pays et n'ont aucune issue pour s'échapper.

Le bazar de Bamiyan tient tout entier dans une seule rue parcourue par des femmes voilées et des hommes en tenue traditionnelle. Ici, les jeunes s'habillent comme nos hipsters dans deux ou trois ans, pulls aux couleurs vives, pantalons de toile. Les femmes portent des burqas blanches ou bleues, mais aussi des voiles très colorés et fleuris. « La burqa n'est pas vécue comme une aliénation, ici, c'est une tradition très ancienne ; les femmes ne sont pas obligées de la porter », a dit Asadullah, mon fixeur. Il a 22 ans, il est étudiant en archéologie, son visage est dessiné dans un losange, il rêve de découvrir le gigantesque bouddha allongé dont parlent les légendes. Avec ma photographe Sandra, on l'a trouvé à l'université ; les étudiants étaient en train de passer les examens de fin d'année. Par manque de place, des dizaines de tables de travail avaient été installées dehors, où, sous le cagnard, les étudiants bûchaient. On cherchait un étudiant anglophone. Le directeur nous a présenté Asadullah. Il venait de rendre sa copie. Il a dit « okay » et nous a emmenés dans sa chambre pour boire le thé. En chemin, on a croisé des écolières en uniforme, petit voile blanc et tailleur noir. À l'université aussi, on a vu quelques filles. Reste qu'un homme n'adresse pas la parole à une femme qu'il ne connaît pas dans la région ; jamais. Il se ferait tabasser et la femme risquerait la lapidation.

Mais, fait unique en Afghanistan, un Occidental, un journaliste, peut se balader dans les rues de la ville tout seul sans rien risquer. Bamiyan est paisible, une bulle de paix nichée au cœur géographique d'un pays en guerre. Partout autour, à quelques kilomètres, les talibans dominent et menacent. La dernière fois qu'ils sont venus, c'était en 2001. Ils ont détruit les bouddhas et commis des massacres. À l'heure du désengagement occidental, les Hazaras ont peur de leur retour.

Asadullah a failli être tué en 2001. Il raconte son histoire tandis que ses colocataires, étudiants en mathématiques, en sociologie politique, en économie, écoutent en sirotant leur thé. Les talibans sont entrés dans sa maison où il était resté seul. « Ils m'ont battu, attaché les mains. Ils ont hésité. L'un a dit : "On ne le tue pas, c'est encore un enfant." Et ils sont partis. » Aujourd'hui, Asadullah sait que son titre d'étudiant en archéologie lui vaut un arrêt de mort s'il recroise la route des talibans. Comme tous les étudiants de l'université de Bamiyan. Elle a été inaugurée en 2004, *ex nihilo*, par les Américains qui, sans doute, croyaient bien faire. Ils ont érigé ici, dans ce fabuleux désert strié de verdure, une rampe d'élan qui ne mène, hélas, nulle part. Tous ici sont des enfants de fermiers. Et tous sont « enfermés » à Bamiyan. Ils rêvent de devenir ingénieurs, avocats, archéologues, mais sont coincés ici, sans aucune perspective, sans même savoir comment ils pourront vivre sans métier, sans argent, sans savoir cultiver la terre et élever le bétail, riches de leur seul savoir. Il n'y a pas ou peu d'emplois ici pour eux. Rien. C'est le paradoxe de cette zone de paix en forme de toile d'araignée invisible. Elle piège ses habitants qui ne peuvent en sortir sans prendre de gros risques. Sauf par l'avion, mais l'aller simple coûte deux vaches. Alors les jeunes se partagent la seule connexion Internet de la faculté et attendent des jours meilleurs qui viendront peut-être, mais quand ? « Que pensent les Français de l'Afghanistan ? » m'a demandé l'un des jeunes amis d'Asadullah. Son regard légèrement bridé était intense, sa mâchoire volontaire, il était vêtu de noir de pied en cap. J'ai hésité, vraiment, je ne savais pas quoi lui dire à part ces deux mots, ces deux mots qui simplifient à outrance, soulagent l'imaginaire occidental, l'accablent et l'excitent à la fois : « la guerre ». « Savent-ils que les Hazaras existent ? Que nous vivons en paix ? » a-t-il ajouté. Je n'ai pas osé lui dire qu'avant de venir dans son pays, moi-même, j'ignorais l'existence des Hazaras. J'avais honte. « Non, désolé, peu de Français le savent », ai-je répondu. Certains des jeunes garçons ont ri, lui s'est rembruni. Il a dit : « Comment peut-on faire pour s'en sortir si personne ne sait que nous existons ? » Il avait à peine 20 ans, mais l'éclat de ses yeux, son attitude posée et le calme de sa voix trahissaient un homme déjà beaucoup plus vieux, une maturité précoce sculptée dans les renoncements, et cette forme de lassitude prématurée engendrait aussi chez lui une force qui, je crois, ne s'était pas encore exprimée et attendait son heure. Chaque fois que j'entends le mot « migrant », je vois le visage de ce jeune homme. Il ferait un excellent capitaine de cargo. Je lui ai promis de raconter les Hazaras chez nous tant que je pouvais. Je m'exécute et le répète ici comme je vais le répéter à l'équipage philippin de mon cargo. Au cœur de l'Afghanistan subsiste une fragile zone de paix, la région de Bamiyan, un merveilleux pays peuplé par des gens aux yeux bridés et aux pommettes hautes. On les appelle les Hazaras.

Peur verte

Minuit, dans un taxi. C'est mon dernier jour. Kaboul roupille. Je cuve à l'arrière. Je sors d'un tour de manège bizarre, un train fantôme. D'abord une fête de gala, à l'ambassade de France, et puis une fin de soirée improvisée dans l'appartement minuscule d'un expatrié bordelais d'un quintal et demi qui m'a donné avec de grands yeux ronds la solution pour échapper aux enlèvements.

Je regarde défiler les rues de Kaboul. La capitale afghane est plane, cernée par les montagnes, on aperçoit leur relief au loin échancrer la nuit sous la lueur de la lune. L'urbanisation est chaotique. J'ai visité pas mal de villes bordéliques pendant mes reportages. Kaboul est une synthèse : beaucoup de constructions en cours, une mosaïque improbable de maisons neuves, d'immeubles d'époques communistes, de ruines branlantes marquées par des impacts de balles. D'énormes centres commerciaux modernes et laids sortent de terre. Souvent détruits par des attentats, ils sont reconstruits aussitôt en plus laids encore. Quelques habitations bizarres surgissent de temps en temps au coin d'une rue, et parfois les mots manquent de nuances pour définir l'effet qu'elles peuvent produire sur les yeux : par exemple cette colossale maison à l'américaine dont le kitsch des colonnes n'est surpassé que par la biche empaillée déposée debout, sur le toit, comme une girouette immobile. Passé la stupéfaction, la raison raisonne. Après tout, il n'y a pas plus de logique à visser des coqs métalliques sur le faîte des églises françaises.

Le taxi n'écoute pas de musique. Il roule à petite allure. Il a le visage fatigué, les yeux bridés et les pommettes hautes, il est probablement Hazara, lui aussi. Il roule lentement parce que des hommes en armes patrouillent partout dans la ville. Kaboul est peuplé de milliers de kalachnikovs au bout desquelles de jeunes hommes fougueux testent leur patience et leur sang-froid. Ils sont plutôt avenants le jour. Et nerveux la nuit. Des check-points sont disséminés aux points névralgiques de la cité pour en contrôler les allées et venues. Je suis encore un peu ivre. L'alcool a coulé ce soir. On roule devant un gigantesque Wedding Hall, ils pullulent à Kaboul, où le mariage est passé du stade artisanal à l'ère industrielle. Ils accueillent les noces afghanes à la chaîne. L'amour a été taylorisé par l'Afghanistan. Un mariage afghan regroupe au minimum cinq cents invités, parfois mille. Les hommes d'un côté. Les femmes de l'autre. Ça coûte un bras. Et l'organisation confine au casse-tête chinois. Pour se simplifier la vie, les parents optent pour le Wedding Hall.

À part Bagdad, peu de villes cachent aussi bien leurs rares atours que Kaboul. Elle est constellée de parpaings de protection qui bouchent la vue, ramassent l'espace, matelassent les façades. Le petit génie qui a décroché les contrats doit crouler sous les bénéfices. Certains parpaings sont décorés de dessins d'enfants, petits cœurs et colombes blanches voletant dans le ciel azuré, c'est touchant, sans doute l'œuvre d'une ONG.

Le taxi vient de tourner à droite. Je ne reconnais pas le chemin, c'est la première fois que je parcours ce trajet. Au fond de la rue, un check-point filtre la circulation, nulle à cette heure avancée de la nuit. Je compte cinq ou six hommes fusil-mitrailleur au poing. De chaque côté de la route, des panneaux publicitaires vantent la vitesse de l'Internet 3G. Il y en a presque autant que de portraits d'Ahmed Massoud, le « lion du Panshir ». Le taxi roule vers le check-point. Nous sommes à trois cents mètres. Il ne freine pas encore.

C'est agréable de rouler à Kaboul la nuit. L'air chauffé à blanc pendant la journée redevient respirable tandis que l'engorgement chaotique de ses routes défoncées se mue en vide de laboratoire. En matinée, le flux des Toyota Corolla et des Land Cruiser gigantesques est incessant. Les 4 × 4 blindés trahissent la présence d'expatriés des ambassades, de mafieux ou de riches hommes d'affaires, la Toyota Coralla grinçante, guimbarde immortelle, dénonce tous les autres, les pauvres types sans le sou, le peuple, les gens normaux. Dans les bouchons, au milieu de la circulation, des fantômes sales font la manche aux fenêtres. Ce sont les seules femmes que j'aie vues en burqa dans la capitale. Presque les seules femmes que j'aie vues tout court dans les rues de Kaboul. L'espace public est encore quasi strictement masculin, comme l'espace à bord du *MSC Cordoba*.

Ce soir, on célébrait le 14 Juillet à l'ambassade de France. Sécurité draconienne à l'entrée. Je n'ai jamais vu autant d'armes différentes et modernes tenues par des armoires à glace de toutes les nationalités. Sécurité privée, mâchoires carrées, testostérone. Raphaël connaissait le nom de chaque arme et le prénom de certains « contractors ». L'ancien mercenaire n'a pas pu entrer. L'année précédente, en fin de soirée et en pleine forme, il avait arraché un fanion tricolore d'une guirlande. Le petit larcin potache s'était terminé en bagarre générale. Dans le feu de l'action, Raphaël avait abîmé quatre hommes de la DGSE. Il est parti d'un rire mauvais en apprenant qu'il était interdit de bal et a tourné les talons en s'allumant une cigarette. Avec les autres, on lui a dit qu'on le retrouverait un peu plus tard et qu'il n'était pas si malheureux d'échapper aux flonflons. Au programme de la fête : discours, *Marseillaise*, fromage, vin, saucisson sous les lampions pour les ressortissants français et les invités de haut rang, personnels et militaires des autres ambassades. Je n'ai jamais vu autant de gradés manger autant de charcuterie ni autant de médailles tintinnabuler au diapason devant tant de meules de brie. Personne n'a pu immortaliser la scène avec son téléphone. On nous les avait piqués à l'entrée. Sécurité, sécurité, sécurité. Le maître mot. Rien ne doit pouvoir crever cette bulle de sérénité, de douceur, ce petit morceau de France qui s'épanouit dans un jardin luxuriant au creux d'un pays éternellement en guerre. L'ambassade est un navire immobile suspendu au-dessus d'un océan de fureur avec lequel il n'entre quasiment jamais en contact. Quelques vagues lui lèchent la coque, c'est tout.

Les personnels expatriés des ambassades et des grosses ONG vivent cloîtrés dans cette bulle tous les jours. Pour travailler en Afghanistan, ils sont priés de suivre à la lettre un cahier des charges précis. Interdiction de marcher dans la rue. Obligation de circuler en 4 × 4 blindés spéciaux. L'expatrié a le droit de sortir deux fois par semaine dans cinq restaurants, avant minuit, et doit prévenir quarante-huit heures à l'avance. Si un rebelle manque à ses obligations, on lui applique la règle des 24/20. 24 heures. 20 kilos de bagage. Au revoir. Pas la peine de faire de longs calculs savants pour comprendre que les personnels des ambassades sont hermétiquement isolés de l'Afghanistan réel. Ils n'ont quasiment jamais parlé avec un Afghan dans la rue. Ne sont jamais allés au marché. Ne peuvent pas sentir le pouls de la ville. Guidé par ma coupe de champagne, pendant la soirée, j'ai demandé à l'ambassadeur de France, Jean-Michel Marlaud, si cette obsession sécuritaire n'était pas contre-productive à la longue. Si, à force de s'isoler, les huiles des ambassades n'en venaient pas à se retrouver déconnectées d'une société qu'elles sont censées aider à gérer. Quand il avait 39 ans, Jean-Michel Marlaud fut le plus jeune ambassadeur de France. C'était en 1994, pendant le génocide au Rwanda. « J'y pense encore tous les jours », m'a-t-il dit. Et puis, il m'a répondu que c'était vrai, que l'ambassade était déconnectée. Il m'a dit aussi que c'était terriblement frustrant pour eux, mais que l'ambassade de France était l'une des moins pires du pays. Cocorico.

Nous sommes maintenant à cent mètres du check-point et le chauffeur du taxi ne freine toujours pas. Quelque chose est en train de brutalement s'éveiller au fond de moi, une alerte primaire, assourdissante, sept coups courts, un coup long, une alarme générale qui retourne comme une peau de lapin la douceur de l'ivresse pour en exposer à l'air libre la chair à vif. Je n'ai pas encore ouvert la bouche que soudain, une lumière verte vient frapper le pare-brise. C'est un rayon laser, un laser vert, un laser de visée monté sur l'une des armes de la troupe juste en face de nous. Je crie en anglais : « Putain ! Freine ! Freine ! » Je regarde la portière, j'hésite à l'ouvrir et à sauter, je ne suis pas loin du signal d'abandon du navire, un court, un long, six fois. J'ai peur. C'est une peur animale. Je n'ai pas encore compris ce qu'il se passait, je n'ai mis aucun mot sur la scène, je n'ai pas le temps, ce n'est pas l'intelligence analytique qui comprend, c'est l'instinct qui crie.

En quittant la soirée à l'ambassade, j'ai discrètement volé un fanion pour l'offrir à Raphaël. Je pensais lui faire plaisir ou au moins lui tirer un sourire. Quand je lui ai donné le bout de plastique tricolore, il l'a immédiatement jeté par la fenêtre de sa voiture sans dire un mot. Et puis on a filé chez l'un de ses amis, le Bordelais de 150 kilos qui sait éviter les enlèvements, l'un de ces expatriés qui vivent exactement à l'autre pôle de ceux rencontrés au gala de l'ambassade. Ils vivent dans la société afghane, parfois depuis des années, parlent dari, pachto, se débrouillent partout, comme la photographe qui m'accompagne, une Française partie sur un coup de tête pour un mois et pour couvrir la guerre et qui sept ans plus tard se trouve toujours en Afghanistan mais pour y photographier la paix, le sourire des gens, pas leur peur. À l'escale stambouliote pour Kaboul, Sandra m'a photographié en train de nager dans le Bosphore avec les cargos en arrière-plan. Il n'y a pas de hasard.

L'entrepreneur bordelais nous a accueillis avec une bonhomie joyeuse. Et il m'a raconté sa fameuse stratégie anti-enlèvement, la plus efficace selon lui, inspirée du comportement de beaucoup d'animaux dans la nature : tomber par terre, simplement tomber par terre et faire le mort. « Il n'y a rien de plus dur à porter qu'un poids mort, ça leur ferait perdre trop de temps… » Je lui ai demandé s'il ne risquait pas de prendre une balle dans la tête. Il a répondu d'un trait sec, tacatac de mitraillette, comme s'il avait déjà répondu cent fois à cette question : « Je risque aussi d'en prendre une si je les suis. » Ce drôle de loustic se moque ouvertement du changement climatique, mais veut couvrir l'Afghanistan de panneaux solaires chinois. Un ingénieur de formation qui ne supporte pas de vivre ailleurs que dans les pays en guerre où tout reste à construire, où tout est possible. « J'ai essayé les pays en paix. Je m'emmerde. » Il a l'habitude des mafias locales, dit claquer son fric en putes russes à Dubaï (« Je connais tous leurs prénoms »), vit chichement dans un appartement sans âme, plus petit que son écran plat sur lequel tournent en boucle les informations de la BBC. Il ne voit ses filles en France qu'une seule fois par an, et encore, pas toutes les années. « Tu crois que ça fait de moi un mauvais père ? » J'ai souri. J'ai dit : « Non. » J'ai réfléchi. J'ai ajouté : « Je sais pas. » Il a dit : « T'as raison », puis a bu un shot de vodka. Voilà quelques années, pour payer ses ouvriers, chaque mois, il sortait de la banque avec 250 000 dollars en petites coupures cachées dans des doublures cousues sur ses vêtements. J'avais dans l'esprit une scène de mauvais film d'espionnage, une parodie avec Pierre Richard dans le rôle du gangster de pacotille qui perd ses liasses dès qu'il fait un mouvement. « Un de mes collègues a choisi la mallette classique. Il a pris une balle dans la tête », a-t-il grogné. Pierre Richard s'est dissous dans la fumée de cigarettes qui envahissait le salon.

Les soirées à Kaboul prennent vite un tour étrange. Train fantôme. Manège désenchanté. Autour de la petite table en bois se tenait aussi Steve, un ancien mercenaire anglais reconverti dans le trafic d'alcool, un ami de Raphaël au visage taillé à la serpe. La bouteille de vodka tournait. Je lui ai posé la question qu'il ne faut pas poser aux personnes qui, dans leur vie quotidienne, ne remplissent pas leur mallette de dossiers, mais leur flingue de cartouches. Il a ri, éludé en ignorant la question. On a parlé d'autre chose. J'avais bu. J'ai reposé la question, têtu, idiot. Il a répondu : « Oui, j'ai tué des gens. » Puis juste après, comme si la précision était quand même d'importance : « Des fils de putes ! » Il y a eu un léger flottement, un décrochage dans la conversation et Steve a repris la parole comme on prend une torche pour éclairer une caverne : « Une fois, j'ai même dû exécuter un sale type. Deux jours avant l'exécution, cet enfoiré a essayé de m'émouvoir en me montrant une photo de ses enfants. Mais c'était un vrai psychopathe. Il avait tué beaucoup d'innocents. Fallait le faire et c'était mon rôle. » Il entrecoupait chaque information d'éclats de rire très rapides, très brefs, qui en s'évaporant découvraient la vraie nature de son visage, grave, triste, brisé. Je l'ai regardé droit dans les yeux, un peu assommé, désenivré. Je n'ai pas posé de questions. Il y a répondu quand même : « J'y pense parfois, mais je ne regrette pas. Je regrette d'autres choses, mais pas ça. » À côté de lui, Martin, le jeune sportif amateur de tractions qui terminait ses six mois de contrat pour une ONG d'aide à l'enfance, ricanait. Faute de cocaïne, il sniffait compulsivement des lignes de Ritaline écrasée en riant nerveusement. La Ritaline est prescrite aux enfants hyperactifs. « J'ai hâte de voir ma copine, j'en peux plus ! » râlait-il. J'ai sniffé moi aussi une ligne de Ritaline, puis j'ai quitté la soirée. Mon avion décollait le lendemain. J'ai laissé derrière moi cette tablée d'ébréchés, drôles, attachants, qui vivaient sur un fil, qui avaient fait le choix en toute conscience de vivre ici, sans jamais faire semblant, équipage improbable d'un paquebot rouillé, cabossé, ballotté par toutes les tempêtes.

« Putain ! Freine ! » Le chauffeur sursaute. Il écrase enfin la pédale de frein tandis que la lueur verte du laser s'éteint. Il somnolait. Ce couillon somnolait. J'ai appris plus tard qu'un journaliste russe avait été blessé dans les mêmes circonstances idiotes. Il est paralysé aujourd'hui. Les hommes en armes s'approchent de la voiture, menaçants. Ils échangent avec le taxi qui doit être en train de s'excuser en pachto. Un type braque une lampe torche sur moi, j'ouvre la fenêtre et commence à fouiller dans ma sacoche en cuir pour lui présenter mon passeport et ma carte de presse. J'oublie qu'il fait nuit. J'oublie qu'il vient d'avoir aussi peur que moi. Il braque maintenant son arme sur ma tête. Je souris comme pour une photo. C'est nerveux. Je lâche le passeport et lève les mains en disant, sans crier : « Relax, I'm journalist, french journalist. » J'ai l'air calme, je suis terrorisé. Je sors de la voiture. Le chauffeur aussi. Bizarrement, à cet instant, l'air tiède, la réalité du sol sableux me libèrent. Je n'ai plus d'appréhension, je sais que les choses vont vite rentrer dans l'ordre, ces types ne sont pas des miliciens. Les six hommes nous fouillent, vérifient nos identités, inspectent le coffre de la vieille Corolla.

Puis, en effet, nous laissent partir. Mon chauffeur est énervé, il démarre et me lâche en anglais : « Ne montre pas ton passeport si on te demande rien ! » Aussi agacé que lui, je lui réponds : « Ouais, ben la prochaine fois, freine avant qu'on nous braque ! » Le silence s'installe dans l'habitacle, la voiture cahote sur les trous des rues ensablées. Je vois son regard dans le rétroviseur. Je suis épuisé. Lui aussi. Nous sommes épuisés par la journée et par la peur. Alors, bizarrement, sans se concerter, au même instant, on se sourit, lui dans le miroir du rétroviseur central, moi face à ce miroir, tous les deux contents d'être là, dans cette vieille bagnole qui va bientôt se garer devant l'Institut français d'archéologie en Afghanistan sur lequel je prépare un article et où je vais tomber d'un sommeil de plomb. Il dit : « Cigarette ? » Je dis : « OK. » L'acier strié de la molette frotte la pierre du briquet, l'étincelle embrase le gaz qui brûle le bout de nos deux clopes. On n'échangera pas d'autres mots.

Demain, en décollant, je repenserai à cette péripétie en félicitant mon ange gardien, je repenserai aux expatriés rencontrés ce soir, à leur vie quotidienne, ce magma qui peut entrer en fusion à chaque instant, et cette angoisse lancinante qu'un jour la chance tourne et que l'on se retrouve au mauvais endroit, au mauvais moment. Et puis je repenserai à tous les Afghans que j'ai eu la chance de rencontrer, de tous les genres, de tous les niveaux socioculturels. De la jeune femme occidentalisée inscrite sur Facebook et parlant un anglais impeccable au paysan qui ne sait absolument pas que la France existe. Je laisserai sous les ailes de l'avion disparaître Kaboul, cette capitale moche, polluée, dangereuse, mais au charme dingue, à l'énergie incroyable. Et puis je me raconterai tout seul cette blague racontée par Raphaël, l'ancien mercenaire reconverti dans le commerce d'émeraudes, le voleur de fanion à qui il ne faut pas trop chercher des poux, même si on est de la DGSE. Selon lui, elle résume parfaitement l'état d'esprit de l'Afghan moyen. C'est l'histoire d'un camion russe et d'un camion afghan qui se font face sur une étroite piste de montagne. Ils ne peuvent pas passer. Quelqu'un doit reculer. Personne ne bouge. Le temps passe. Les chauffeurs coupent leur moteur. Ils attendent, orgueilleux, le dénouement de ce bras de fer psychologique. Soudain, ostensiblement, le Russe sort d'une sacoche un livre. *La Guerre et la Paix* de Tolstoï. Il entame sa lecture, à la page une, bien en vue de l'Afghan. Dans sa cabine, l'Afghan jauge la scène, puis ouvre la porte et descend de son camion. Il marche nonchalamment jusqu'à la fenêtre du chauffeur russe et lui dit d'un ton piqué de curiosité : « Ça a l'air bien. Tu me le passeras quand tu l'auras fini ? »

JOUR 4

GIBRALTAR

La plupart des Afghans que j'ai rencontrés n'ont jamais vu l'océan et ne le verront jamais. Je me demande comment ils se le représentent, quel fantasme ce géant liquide si loin de leurs montagnes peut féconder dans leur rêverie. Aujourd'hui, c'est un grand jour. Nous allons passer le détroit de Gibraltar et quitter l'océan pour la Méditerranée. Nous allons nous rapprocher des terres et nous faufiler entre deux continents ; on nous a dit que le spectacle était magnifique. Après quatre jours de mer, je commence à croire que la nature se passe de l'assentiment de la pensée, elle se passe de nous. Magnifique, c'est encore une case, une catégorie, une borne, un schéma dans le cerveau. La nature est là, c'est tout. Le voyage permet peu à peu de lâcher prise, de ne plus penser à rien, d'être là, simplement là. Accessoirement, aujourd'hui, nous allons rompre l'isolement précieux en téléphonant à nos familles. Les côtes sont proches et le réseau téléphonique sera bientôt accessible pendant une heure ou deux. Ramis, le steward, tient déjà son téléphone dans les mains. Il va appeler sa mère aux Philippines. Et moi, je vais être exfiltré brutalement du monde océanique par une blague. Mon ami François est capable de me téléphoner de Chine pour m'en raconter une nouvelle. Cette fois-ci, il m'a juste envoyé un SMS : « C'est l'histoire d'un aveugle qui rentre dans un bar et dans une table et dans une chaise et dans un mur. »

Je me suis levé tôt. Le *MSC Cordoba* a viré de bord pendant la nuit et nous fonçons vers l'est, face au soleil levant. Un vent fort souffle contre nous et la mer est grosse. Le cargo a vibré toute la nuit. Maïté n'a pas fermé l'œil. Moi, je me suis laissé ballotter et je me suis endormi comme un bébé. Après avoir englouti deux œufs au plat et avalé le pire café du système solaire sur le pont B, dans le mess des officiers, je suis monté tout en haut, à la passerelle de commandement. Elle était blanchie par un soleil éblouissant et les marins ont dû rabattre d'immenses pare-soleil pour se protéger.

Une brume épaisse enveloppe la mer tout autour de nous. Sauf ce vent frontal, tout paraît calme, ouaté. Dans un film, ça serait le moment idéal pour déclencher une attaque-surprise. Soudain la brume se disperse un peu et partout autour de nous des navires crèvent les nuages. Ils surgissent à l'improviste un par un. C'est l'embuscade espérée ! Je commence à savoir les reconnaître ces navires, les vieux cargos équipés de leur propre grue pour le déchargement, les rouliers en forme de fer à repasser, la ligne allongée des vraquiers, les interminables tankers, les ferrys trapus et les porte-conteneurs presque cubiques qui avancent comme des châteaux dans la mer. Ils sont tous là, dans la brume, on dirait une armada de navires fantômes. L'image est saturée par le soleil blanc. Nous progressons presque de front, à huit ou dix, vers l'entonnoir de Gibraltar, en frôlant des embarcations de pêcheurs intrépides. Dans le même temps, une ombre noire perce la brume à tribord : les montagnes marocaines et, plus loin, le mythique port de Tanger. La terre est là, à portée de main après quatre jours d'océan, mais au nord, l'Europe et le Rocher de Gibraltar restent invisibles, insaisissables, cachés par les nuages. Face au soleil, dans cette lueur étrange de fin du monde, nous entrons dans la mer Méditerranée tandis que Ramis téléphone à sa mère et qu'un pigeon qui se prend pour un albatros se pose sur la passerelle tribord. Il est épuisé, trempé, ébouriffé, et je me demande par quel hasard il a pu se retrouver là, loin des côtes, si loin de ses congénères. Je pense à Jonathan Livingston, le goéland banni de son clan parce qu'il préférait perfectionner sa science du vol plutôt que de manger les restes de pêche au cul des chalutiers. Je pense à tous ces Jonathan Livingston qui mènent une vie que personne n'avait osé imaginer avant eux. Tremblant à l'abri du vent sur la passerelle tribord, ce pigeon ressemble trait pour trait à ces rats infirmes qui vivent de rapines sur les trottoirs de Paris et les places de Rome ou Venise. Ce n'est pas une palombe habituée aux migrations, c'est un pigeon biset, un pigeon de base, et pour se retrouver ici, sur la passerelle du *MSC Cordoba*, il a dû voler des heures entre deux continents, sous les bourrasques violentes, à plusieurs dizaines de kilomètres des terres. Tandis que ses frères se contentent de vivre en groupe et de fienter sur les statues, lui, il est là, en plein détroit de Gibraltar. J'ai eu envie de l'embrasser et de le serrer dans mes bras, mais j'ai eu peur de l'embarrasser et je me suis abstenu. J'écoute sous mon casque « Le temps passé » de Claire Denamur, « Riverside » d'Agnes Obel, et « The Golden Age » de Woodkid. Je suis bien.

À la barre, devant ses écrans radars, le capitaine est impavide. Son œil aguerri distingue une nouvelle embarcation de pêche qui joue sa vie dans les drapés de brume tandis que les monstres d'acier fendent l'écume à près de 20 nœuds. J'attrape les jumelles, je ne vois qu'une ombre indistincte, un point grisâtre dont les contours peu à peu se dessinent : c'est bien un bateau de pêche. Angelo a un œil d'aigle mais ne portera son uniforme de capitaine que lorsqu'on arrivera au port. Il me raconte, droit dans ses tongs, qu'il doit parfois raisonner l'équipage. « Ils se disent que c'est au petit chalutier de nous éviter. Nous sommes énormes. Nous sommes en acier. Nous ne risquons rien. Je leur dis que l'on peut dévier parfois aussi de notre trajectoire. Des vies humaines sont en jeu. Nous travaillons, mais eux aussi travaillent. Ils ne se mettent pas sur nos trajectoires pour le plaisir. »

Je me demande comment réagit Angelo quand il tombe sur une embarcation remplie de gens qui ne travaillent pas, des migrants à la recherche de l'Europe, à la recherche d'une vie. Je n'ose pas encore le lui demander. Hier, dans la nuit, Glenn m'a dit qu'ils entendent parfois des messages de migrants à la radio. « Ils simulent une situation de détresse pour pouvoir monter sur le bateau. » Il a fait la moue. Je n'ai rien dit. J'attends. J'attends la Sicile. J'attends l'endroit où passent le plus souvent les migrants. Et je demanderai son avis au capitaine Angelo.

Il émane de lui une sagesse, une sérénité de vieux chien de bar, de père supérieur, de type qui n'a plus rien à prouver et qu'on ne retrouve chez aucun autre des marins du *MSC Cordoba*. Il est au sommet de la hiérarchie marine. Aux commandes de son monstre, alors que le cargo fend la bise entre l'Europe et l'Afrique, il me raconte son pire souvenir de marin. C'était en 1994, il était second dans un bateau ancré à Taïwan quand ils ont été surpris par un typhon. Force 11. La mer tout entière s'envolait. Le capitaine était anglais. Après concertation avec l'armateur, il décide de lever l'ancre pour gagner la haute mer, mais le vent et les courants sont si forts que les marins ne parviennent pas à lever cette fichue ancre.

Angelo se rappelle la panique à bord. Il faisait – 15 °C cet hiver-là mais son capitaine anglais était en sueur, sur le siège de droite devant l'écran radar, à la place d'Angelo aujourd'hui. Ce jour-là, Angelo était assis sur l'autre siège de commandement, à gauche, à la place du second. Il était censé aider mais ne savait plus quoi faire. À tout instant, le navire risquait d'être projeté comme un fétu de paille sur le rivage. « Je me rappelle chaque détail de la scène, le capitaine était penché sur l'écran radar, il s'est retourné vers moi et m'a dit : "Tu vois, je transpire, je sue, c'est la peur, c'est la sueur de la peur." » Au même moment, à proximité, un bateau indien est en perdition et émet un appel de détresse. Angelo se rappelle mot pour mot ce message, même si plus de vingt ans ont passé : « Le type à la radio disait : "Mayday ! Mayday ! Mayday ! Aidez-nous s'il vous plaît, nous allons sombrer ! Nos familles sont à bord avec nous ! Aidez-nous !" C'était déchirant parce qu'on ne pouvait rien faire, nous étions nous-mêmes coincés avec cette ancre impossible à relever. » Le capitaine prend alors la décision de faire couper la chaîne de l'ancre. Ses marins partent rechercher les outils pour découper le métal mais le capitaine paniqué décide finalement de tenter une dernière manœuvre désespérée. Il fait mettre les machines arrière à pleine puissance. Le bateau retenu par son ancre vibre dans tous les sens, avec la tempête qui gicle devant, derrière, à bâbord, à tribord : « Et puis soudain, le cargo a été projeté à pleine vitesse vers l'arrière, l'ancre venait de se décrocher ! On était sauvés ! » Dans la confusion, Angelo ne sait pas ce qu'il est advenu du navire indien. Il sait juste que ce jour-là, il n'y a pas eu de victimes.

Pas de victimes non plus dans l'accident que m'a raconté Ruben, le second d'Angelo pendant le déjeuner. Qu'ont-ils tous à me raconter leur naufrage ? Il était seul à sa table, j'étais seul à la mienne. Sur terre, l'un d'entre nous aurait déplacé son assiette pour partager son repas avec l'autre. Pas dans la marine marchande. Chacun sa place et les enfants seront bien gardés. D'une table, l'autre, Ruben m'a donc raconté son naufrage.

Il croisait dans le canal de Panamá quand une brume traîtresse s'est écroulée sur le cargo : « En dix minutes, on ne voyait plus rien à dix mètres ! » En urgence, le capitaine décide d'arrêter les machines et de jeter l'ancre en attendant que le temps se lève. Sa seconde décision est moins orthodoxe. Se croyant immobilisé pour quelques heures, il considère qu'il est grand temps de boire un coup, voire deux, voire quelques-uns de plus. Capitaine Haddock au rapport. Hélas, mis au courant d'une partie de la situation (la brume, pas l'alcool), l'armateur demande à son capitaine de lever l'ancre immédiatement et d'aller se protéger dans une anse proche. Rond comme une barrique selon Ruben, le capitaine obtempère avec joie. Il lance son navire dans un zigzag suicidaire dans le brouillard du canal de Panamá. Personne ne peut l'arrêter, sauf un autre cargo qui croise non loin. Les deux navires finissent par entrer en collision. « Heureusement, il n'y a pas eu de blessés, mais les dégâts ont coûté très cher. Le capitaine a été limogé un peu plus tard », a lâché Ruben en finissant son hamburger au poulet et sa salade de pommes au yaourt.

Après Gibraltar, l'armada des navires apparus dans la brume s'est dissoute comme par magie. J'ai fait un peu de sport dans le gymnasium, le corps bouge à peine dans un navire. On y trouve quelques haltères, un appareil de musculation, un stepper cassé et une table de ping-pong. J'ai passé mon après-midi sur le pont extérieur, les yeux rivés vers la côte africaine, reniflant l'air en vain pour dénicher dans l'iode des molécules de parfums d'épices portés par le vent. Je n'ai pas vu de baleine. J'ai encore manqué le rayon vert. Mais j'ai humé l'Afrique. Chaque fois que je suis allé là-bas, j'y ai laissé quelque chose, j'y ai perdu beaucoup ; mais j'ai gagné davantage. J'y ai rencontré Asma et Asmara, Joséphine, Tidiane, Mamadou et tant d'autres. J'y ai croisé le chemin de Pygmées, de Bantous, j'y ai vu des arbres âgés de trois siècles tronçonnés en quelques minutes, j'y ai vu des Chinois construire des ponts et des routes. Sur le pont du *MSC Cordoba*, j'ai fermé les yeux en respirant à pleins poumons l'air de la mer. Les souvenirs ont crevé l'oubli comme une armada de navires fantômes perçant la brume dans une mer blanche.

Une longue histoire africaine

Je cours dans l'hôpital public de Maradi, dans le ventre du Niger, et je vais perdre quelque chose. Je cours comme un poulet sans tête. Je cherche le directeur. Il me faut le directeur. L'hôpital public ? On imagine des bâtiments, des couloirs et des nuées de types en blouse blanche qui déambulent le stéthoscope autour du cou. C'est un terrain vague. Des tentes. Quelques murs épars. Une mosquée. Partout, des femmes en boubous colorés ou en maillots de football et des enfants dans leurs bras. Thierry Henry et Ronaldinho attendent, assises, Dieu sait quoi. Je dois trouver le directeur, le capitaine de ce navire échoué. Le soleil se couche, on m'a dit qu'il était allé prier à la mosquée. Je cours. Je fonce. Qu'est-ce que je suis en train de faire ? Plus tôt dans la journée, dans le 4 × 4 Toyota, je n'aurais pas imaginé me retrouver là, à poursuivre un directeur que je n'ai jamais vu, dans un hôpital en terre battue. Le 4 × 4 fonçait lui aussi, sur une piste rouge.

On venait de décider de sortir des sentiers battus. Pour voir. Paysage d'arbustes desséchés, de champs de sorgho brûlés, de la pierre, du sable, des termitières. Pas de tracteurs. Pas de chevaux. Des bras d'hommes. Des bras de femmes surtout.

Au volant, Mohamed, chauffeur tout en os et en nerfs, aussi vieux qu'on peut l'être dans le Sahel quand on fume, serre le volant comme s'il voulait étrangler un serpent. Son visage est lisse, sauf quand il sourit. À ce moment-là, des fractales creusent sa bouille et la transforment en figue séchée. Je travaille avec Jean-Claude, excellent photographe, la cinquantaine silencieuse, dix mots par jour. Jean-Claude parle utile. Il aurait pu facilement s'intégrer à l'équipage du *MSC Cordoba*. J'aime travailler avec les photographes taiseux, ça m'apprend à fermer ma gueule et les instants forts des reportages ne sont pas gâchés par le bruit des mots. Nous venons de visiter les centres de Médecins sans frontières de Maradi et de Zinder, après mille bornes de route défoncée depuis Niamey. Le Niger subit une grave crise alimentaire. Trois millions de personnes touchées. Les enfants surtout. Les ONG ont sonné l'alerte dix fois. Rien n'a bougé. Le récent tsunami en Indonésie, celui qui a balayé Banda Aceh, a asséché les envies de donner. On ne dit pas famine, parce que les famines touchent tout le monde et ont des causes politiques. Cette fois-ci, c'est plus compliqué. Seuls les enfants de moins de cinq ans meurent. Le Niger est le pays le plus pauvre du monde. La sécheresse un peu tout le temps, un peu partout. La mort qui rôde. Démographie galopante, surnatalité (huit enfants par femme), paupérisation liée à la réduction des surfaces arables, analphabétisme généralisé (85 %). Et l'eau. Un Nigérien sur deux boit une eau sale. À ces maux s'ajoutent les contraintes du FMI et de la Banque mondiale, l'absence de subventions, la spéculation des marchands qui profitent de la crise pour stocker et faire encore monter les prix, la corruption, les nuées de criquets qui intéressent les médias. Et, bien sûr, les mauvaises récoltes. Entre deux saisons, il y a toujours une phase difficile. La période de « soudure ».

Cette année-là, la soudure enlève des milliers d'enfants. Pas de famine officielle. Mais dans les centres MSF, la réalité crève les yeux. De la peau, des os, à peine un souffle, d'immenses yeux noirs perdus dans le vague. Pas de cris, pas de babils, pas de larmes, juste les mouches qui volent dans le silence et se cognent aux moustiquaires. L'air qu'on respire est plus lourd que ces enfants : Ismaël, 10 mois, 3,3 kg, Zeinabar, 18 mois, 4,3 kg. J'ai gardé mes notes.

Et je revois les larmes impossibles à contenir de la jeune médecin aux yeux noisette quand elle découvre sur une vieille télé poussiéreuse déposée sur la terre rouge son propre travail au chevet des mourants saisi au vol par une caméra de la BBC alors que depuis six mois, concentrée sur sa tâche, elle ne pleure pas, elle ne pleure jamais. Trente mille enfants ont déjà été sauvés, nourris avec du plumpy nut, une crème de cacahuète très nutritive inventée en Bretagne. Trop tard pour Zaina, la petite fille qu'une maman transporte dans un boubou enroulé sur son dos. Elle ramène le corps au village.

La mère ne pleure pas. Aucune mère ne pleure. Chaque fois que je demande à une femme combien elle a d'enfants, la réponse fuse : « Six : trois vivants, trois morts »; « Huit : cinq vivants, trois morts »; « Cinq : trois vivants, deux morts »; « Sept : trois vivants, quatre morts ». Elles disent ça comme si elles déclinaient leur identité, il n'y a aucune plainte dans leur regard, c'est la vie, c'est l'Afrique, c'est comme ça.

Le 4 × 4 fonce sur la piste. On vient de visiter un village de brousse. Les enfants ont le ventre énorme, les cheveux rouges : malnutrition. Le chef du village nous accueille. Il dit que ça va mal. Il dit que c'est la crise aussi chez les termites. « On casse les termitières pour trouver des grains de mil, on ne trouve rien. » Les hommes rigolent. Ils mangent une fois par jour quand le soleil se lève.

Au loin, des femmes charrient des seaux d'eau. Partout dans la brousse, ce sont elles qui vont puiser l'eau. Ça leur prend un temps fou. Elles travaillent aussi aux champs. Elles préparent à manger. S'occupent des enfants. Les mecs regardent.

Le jour où les femmes africaines seront débarrassées de la corvée de l'eau, la donne changera peut-être. Elles auront le temps d'apprendre à lire et à écrire. Contrôleront leur taux de fécondité. Je rêve éveillé pendant que l'instituteur du village, qui joue les traducteurs, me donne son adresse pour que je lui envoie le journal après parution. Écriture ronde et belle, pleine de déliés. Un puits de savoir creusé dans une Afrique pure, dure, fantasmée.

On décide de pousser encore un peu plus vers le Nord. Une heure de piste dans une zone isolée. Pour voir. Essayer toujours d'aller plus loin que ce qui était prévu pour juger de la réalité, loin de la communication officielle de l'État nigérien (« Tout est normal ») ou des ONG (« C'est la catastrophe »). Je comprendrai plus tard que les deux disent la vérité : tout est normal et c'est la catastrophe. Comme l'année d'avant, comme l'année d'après. Soudain, au bord de la piste, un attroupement autour d'un minibus d'Oxfam. L'ONG britannique est venue chercher les enfants les plus mal fichus des villages les plus reculés. Il y a de la place pour vingt enfants. Ils sont déjà dans le bus avec leurs mères. Et là, une très vieille dame sort de la brousse en boitillant.

Elle paraît un siècle ou deux, elle doit avoir 60 ou 65 ans. Elle porte dans chacun de ses bras des bébés minuscules : Asma et Asmara. Des jumeaux. Un garçon et une fille. Prématurés. Ils ont une semaine. La maman est morte en couches comme une femme sur sept au Niger. Le père est nulle part, comme sept hommes sur sept en Afrique subsaharienne. À côté de la grand-mère, une grande sœur de huit ou neuf ans. Le responsable d'Oxfam nous explique qu'elle n'est jamais sortie de son village.

La petite fille, la grand-mère avec les deux prématurés ont marché vingt kilomètres entre les termitières et les champs de sorgho brûlé, sur la terre rouge et craquelée, pour venir jusqu'ici sous un soleil de fonte. Mais elles sont arrivées trop tard. La liste est close. Le minibus est plein. Le type d'Oxfam me dit que les bébés sont nourris au lait de chèvre et à l'eau sale. Le temps de rentrer au village, ils sont fichus. Il regarde notre 4 × 4 blanc. Je regarde Jean-Claude.

Une règle non écrite régit le boulot des journalistes qui viennent suer en Afrique. Il ne faut pas intervenir. Jamais. Alors moi, je dis : « Jean-Claude, tu crois qu'on peut les prendre pour les ramener au centre MSF de Maradi ? » Jean-Claude ne dit pas non. Ne dit pas oui. Il a beaucoup plus d'expérience que moi, mais il ne dit rien. Juste : « Comme tu veux. »

Mohamed, le chauffeur, m'a entendu et se transforme instantanément en figue séchée. Il ne sourit pas, non, il me regarde avec terreur. L'idée de convoyer une famille de la brousse avec des bébés qui vomissent dans sa voiture le rend fou. J'hésite. Je sais que je ne suis pas un héros et que je ne vais sauver personne. Je suis reporter. Point. Je sais que des enfants meurent tous les jours ici, que ces petites vies sont probablement condamnées, de toute façon. J'ai compris que la vie ne valait pas grand-chose par ici. Qu'en Afrique, les petits idéaux d'Occidental fondaient en flaques de sueur ou de larmes et s'évaporaient aussitôt.

Je regarde la grand-mère et son visage deux fois plus sec que celui de Mohamed, son air grave, ses yeux qui ne supplient rien. C'est, je crois, le visage le plus dur que j'ai jamais croisé. Du granit. La stratification par la survie. Elle n'a plus de lèvres. Ses yeux sont mangés par une cataracte. Elle se tient droite. Une tête de momie qui respire. La fillette à ses côtés me regarde avec des yeux ronds. Le Nigérien d'Oxfam m'explique. Elle n'a jamais vu un Blanc. Alors deux. Ne pas intervenir. Intervenir. Ne pas intervenir. Intervenir. Ne pas intervenir. Intervenir. Il y a un centre MSF à trois heures de piste d'ici. Trois petites heures. Putain. On intervient.

Mohamed fait la gueule. Jean-Claude ne dit rien. Le mec d'Oxfam est soulagé : « Bravo, vous les sauvez ! » Il est débarrassé d'un problème. On roule. La grande sœur n'est jamais montée dans un 4 × 4. Elle vomit ses tripes. Mohamed l'engueule. Ça nous fait rire avec Jean-Claude. Le paysage défile, monotone et grandiose. La grand-mère et Jean-Claude organisent le concours du plus long silence de l'univers. Match nul. À mi-chemin, les bébés gesticulent. Ils n'ont pas la force de crier. La vieille sort de son boubou deux semelles usées. Des seins. Les vermisseaux s'en saisissent et se mettent à téter. C'est un réflexe. Aucun lait n'a coulé de ces seins-là depuis un millénaire.

Après trois heures de silence et cinq vomis, on arrive enfin au centre de soin de MSF. J'entre dans une tente avec ma tête de scout et ma bonne volonté. Je parle à des techniciens. Ils m'écoutent poliment et, à la fin de mon discours, me rappellent un détail : « On ne prend les enfants qu'à partir de 6 mois, désolé. » Je n'y avais pas pensé. Aujourd'hui, dans la même situation, j'exigerais de voir un médecin, je gueulerais jusqu'à ce qu'on les prenne en charge. Mais je suis encore trop vert, trop niais, trop poli. Je dis : « Okay, on va se débrouiller. »

« Je t'avais dit, il ne fallait pas les prendre ! Que des problèmes ! » râle Mohamed. Jean-Claude ne dit rien. Il va faire nuit. Merde. On ne peut pas retourner au fin fond de la brousse. Et Maradi est une grande ville qu'elles ne connaissent pas. Reste l'hôpital public de la ville. Reste à trouver le directeur à l'improviste. Reste à convoquer la chance.

Voilà pourquoi je cours désespérément dans cet hôpital avec la gueule de travers. Voilà pourquoi je m'insulte en courant, ne pas intervenir, putain, ce n'est quand même pas compliqué, ne pas intervenir. Et soudain, dans le noir, *fiat lux* ! Une blouse blanche, de petites lunettes rondes. « Bonjour, je cherche le directeur ? » « C'est moi. »

Il est grand, très mince, un peu voûté, sa démarche est élastique, féline, c'est un cliché africain. Je lui raconte n'importe quoi. Je dis que j'enquête sur le système de soins nigériens face à la crise alimentaire. Et d'ailleurs, voilà des enfants prématurés que j'ai trouvés en brousse, qu'allez-vous en faire ? Il me jauge, me sourit, comprend en un instant mon coup d'échecs : « D'accord, allons voir ces enfants. » Je sais qu'il sait que je sais qu'il sait et je sens qu'il sent que je le bénis silencieusement. Ces instants-là sont rares. Il nous fait entrer dans une salle de soins en brique rouge. Il pèse Asma et Asmara dans une balance d'étal blanche. Pour la première fois, je les vois distinctement. Leurs têtes énormes. Leurs corps minuscules en balsa noir : 1,1 kg et 1,2 kg.

« Mais ils vont très bien ces enfants ! » dit le directeur. Il doit en voir mourir une dizaine tous les jours. « Mais, comprenez qu'on ne va pas les garder longtemps ici. » « Combien de temps ? » Je réponds trop vite et trop fort. « Trois jours au plus », sourit-il doucement. « Trois jours seulement ? Mais je... » Il me coupe. « Il y a beaucoup d'infections ici, ils risquent d'attraper quelque chose. D'ailleurs nous allons les mettre sous antibiotiques. » Je n'ai plus de salive. Je m'accroche à une dernière question : « Et vous leur donnez quoi à manger ? » « Du lait de chèvre avec de l'eau. »

Je souris au docteur. Ce n'est pas vraiment un sourire. C'est ce qu'il me reste. J'ai perdu quelque chose dans cette petite baraque en brique rouge, près de la balance d'étal blanche et des petits corps d'Asma et d'Asmara. L'Afrique me l'a pris. Le directeur me tapote sur l'épaule gentiment. Ce n'est pas grave, dit sa longue main à mon dos. Je sors de la salle. Je ne dis rien. Et comme chaque fois qu'on ne dit rien devant un taiseux, c'est lui qui parle. Alors Jean-Claude me dit de donner du fric à la grand-mère : « Fais attention, ne le fais pas devant toutes les autres, sinon, elle va avoir des problèmes. »

La grand-mère récupère Asma et Asmara. Elle s'assoit sur une natte avec sa petite fille, complètement perdue. Elles sont là, sous les étoiles, échouées dans le sable du Sahel, au milieu de milliers d'autres naufragées. Et je me sens impuissant.

Je dis adieu à Asma, Asmara. Je ne les touche pas. J'ai peur de leur refiler un microbe. Je salue la grand-mère et la fillette qui n'auront pas dit un seul mot depuis le début. On regagne la voiture. « Tu es un héros ! » chante Mohamed très soulagé pour ses sièges arrière. Jean-Claude ne dit rien. Je ne sais pas ce qu'il adviendra d'elles dans trois jours. Je serai loin. Je ne sais pas si j'ai sauvé Asma et Asmara ou si je les ai condamnés. Et je ne le saurai jamais. C'est comme ça. C'est la vie. C'est la mort. C'est une longue histoire africaine.

Il faut sauver Modou

Il faut retrouver Modou. Le gamin a sauté du Tremplin, un centre de réinsertion sociale planté près du lac Rose, à quarante kilomètres de Dakar. Après deux semaines d'initiation à la culture maraîchère, Modou est reparti à la ville le temps de la Tabaski, la fête de l'Aïd el-Kebir au Sénégal. Il n'a pas caché ses motivations : voler, chaparder quelques portables, puis regagner le Tremplin les oreilles basses et lâcher la rue pour toujours. Une ultime maraude avant le salut. Mais Modou n'est pas revenu. Il faut le retrouver avant que Dakar ne le digère à jamais.

La capitale sénégalaise n'en finit pas de manger ses enfants. Ils sont sept mille, âgés de 4 à 25 ans, à sillonner le chaos urbain en bande, pour augmenter leurs chances de survie. Ils mendient, vivent de rapines et de petits boulots. Les petits sont croqués par les grands, violés, tabassés, les grands sont dévorés par la drogue, le guinz. Depuis les sécheresses des années 1970, la brousse se vide et la presqu'île de Dakar aspire les espoirs dans son cul-de-sac en forme de mirage avant de vomir les désillusions. Sa population a quadruplé en vingt ans. Elle s'affaisse sous le poids de la promiscuité. La misère libère dans la rue des centaines d'enfants en rupture familiale. D'autres ont été confiés par leurs parents à des marabouts qui s'installent à Dakar pour y créer un daara, une école coranique. Crédules, libérées d'une bouche à nourrir, les familles livrent leurs enfants pour qu'ils deviennent des hommes justes et humbles. Souvent, ils ne deviennent rien du tout. De 5 heures du matin à 11 heures du soir, ces talibés mendient pour rapporter à leur marabout la somme qui leur garantit un toit pour la nuit. Partout on les voit, dépenaillés, picorant de maison en maison dans une sorte de Halloween perpétuel et désespéré.

Il faut retrouver Modou. À Pikine, en banlieue, dans le Refuge, centre d'hébergement qui recueille les petits de 3 à 15 ans, l'ONG franco-sénégalaise Village Pilote a prévu une sortie ce soir, pour récupérer le gamin. En attendant, Joséphine, la responsable du Refuge, organise une sortie à pied pour aller au contact des enfants errants. Je la suis. Il faut remonter la voie de chemin de fer, grimper sur un talus, longer l'autoroute qui relie Dakar à sa banlieue. Les bagnoles pétaradent. Le soleil brûle. Cheikh, l'infirmier, porte un sac à dos et son silence perpétuel;

Joséphine, une trousse de premiers secours. Tout autour, un décor glauque de parpaings, un enchevêtrement de constructions aussi vagues que les terrains qui les entourent, et, sur le sol, des millions de détritus, canettes, bouteilles et sacs en plastique, poules ou chèvres mortes.

Sous un pont, ils sont trois. Ibrahim, 19 ans, dont quatre passés dans la rue, fait sa lessive. À côté de lui, « Pape Diouf », 18 ans, trois sur le bitume, gueule tordue, écoute Joséphine sans la regarder. « C'est le destin qui m'a mis dans la rue et c'est lui qui m'en sortira. » Ils sont tous originaires de villages lointains, ils ont tous été envoyés au daara, ils ont tous fugué. Joséphine fronce les sourcils. Elle reconnaît Ehadim, 18 ans, visage dur, vieux, usé avant l'heure. Il est passé par le Tremplin, il avait un travail, mais il a volé des ordinateurs et il est aujourd'hui recherché par la police. Joséphine est en colère : « T'avais ta chance, tu l'as laissée tomber, tu avais le choix. » Ehadim sourit. Il sort de sa poche une pâte rose qu'il se met à mâcher. Une odeur d'essence sort de sa bouche. C'est la drogue la plus répandue ici, le guinz, du diluant à base de cellulose pour peinture. « Ça donne des sensations », dit Ehadim. « C'est pour oublier », corrige son pote. Il est temps de partir. « Ceux-là sont fichus », murmure Joséphine. Cheikh ne dit rien. On rentre.

Joséphine a les larmes aux yeux. Elle marche en fixant l'horizon : « Au début, je pleurais tous les jours. Je vois ce qui me sépare d'eux, la maltraitance, ces abus sexuels. Je ne supporte pas de penser à ce que ces enfants ont subi. » Au Refuge, c'est l'heure de la douche. L'eau ruisselle. Des enfants attendent leur tour. Dans des bassines grises, les animateurs savonnent, épongent. Un garçonnet de 4 ans se fait soigner des plaies : la gale. Matar, le plus ancien des gamins du Refuge, se rhabille. Il est là depuis plus d'un an, sa photo est passée trente fois à la télé : impossible de retrouver ses parents. L'animateur Ibrahima lui a donné une date d'anniversaire. L'école la réclamait. Officiellement, Matar fête donc aujourd'hui ses 7 ans. Le soleil est tombé. Les enfants s'entassent sur des nattes dans une salle minuscule. Il est l'heure de partir chercher Modou.

Mamadou, Cheikh et Tidiane, un géant à la voix douce, se frayent un chemin en 4 × 4 dans le labyrinthe sec et sableux des rues de Dakar, à travers les cohortes de « ndiaga-ndiaye », minibus colorés, de charrettes tirées par des ânes, d'étals de pastèques, de chariots de poisson, de taxis jaune et noir. Sur un panneau cabossé comme un arbre mort, je lis : « Les droits des enfants menacés par la détérioration des conditions de la vie. »

Premier arrêt à la Patte d'oie, un nœud routier. Des silhouettes surgissent d'un terrain vague où pourrissent des carcasses de camions Renault. Fantômes en guenilles. Ils sont vingt, trente. Ils titubent, les yeux exorbités. Le parfum de térébenthine envahit tout l'espace. Certains n'ont pas 10 ans. Ils s'approchent tout près, collent les animateurs. Tidiane serre les mains, plaisante. Mamadou sélectionne les blessés. Cheikh installe la boîte à pharmacie sur le capot et s'éclaire à la lampe de poche. Le premier qui se présente soulève son tee-shirt Houston Rockets NBA 1994 et dévoile une longue estafilade qui lui traverse le torse. Coup de couteau. Désinfectant, crème cicatrisante, pansement. Cheikh soigne, en silence. Mamadou note noms, âges et blessures. Un pouce infecté jusqu'à l'os. Un coup sur le crâne. Tidiane parle de Village Pilote, de l'insertion professionnelle, du travail au Tremplin. Les ombres écoutent, l'œil vide. En arrière-plan, un type danse seul au ralenti. Un autre, tout petit, en costume cravate sale, raconte qu'il était l'un des plus grands jockeys sénégalais avant que tout s'effondre. « Sur vingt qui écoutent, trois se souviendront de quelque chose demain, dit Tidiane. Ces trois-là m'intéressent. » Le 4 × 4 reprend sa route. Les animateurs se lavent les mains à l'eau de Javel dans un petit seau.

Nouvel arrêt à la médina Reubeuss. D'autres ombres encerclent le 4 × 4. Modou n'est pas là non plus. Comment trouver un garçon dans une ville de deux millions d'habitants ? Un type décharné avance vers le 4 × 4, il tremble sous une couverture. Il fait

30 °C. « Tuberculose, résume Tidiane, nous n'avons pas de structure médicale pour nous occuper de lui. Le Samu social doit venir le prendre. » Issah s'approche, il a 25 ans, dix dans la rue, casquette blanche, gueule de boxeur, regard fou, il bouge comme une marionnette déglinguée. Je me méfie, je garde une distance de sécurité, à chaque instant j'ai l'impression qu'il va sortir un couteau et frapper au hasard, au lieu de quoi il me saisit par les épaules : « La famille, il n'y a que ça d'important ! Moi, ce qui m'a manqué, c'est l'amour d'une maman, je sais que je suis tout en bas, mais je vous jure que je vais pas finir comme ça ! »

Minuit. Direction le marché Sandaga, l'un des plus courus de la ville. La zone qui vibrionne en plein jour est éteinte. Des gamins de 10-11 ans dorment sur les étals en bois, ils sont empilés les uns sur les autres, un radeau de la méduse de corps enchevêtrés dans un même sommeil de plomb, indifférents à la lumière des lampadaires, aux bruits des voitures, aux dangers qui menacent. Tidiane et Mamadou scannent la scène et réveillent le plus âgé de tous, en haillons. C'est une peinture du Caravage. Et c'est bien Modou. Il ouvre les yeux. Il ne dit pas un mot et grimpe dans le 4 × 4 dans lequel il se rendort aussitôt. Ce soir, il dormira au Refuge. Demain, au Tremplin.

Il y retrouvera le calme de la campagne à flanc de dune, la grande maison rouge, la salle de classe. Il croisera père Sagna, un type un peu illuminé, mais dont la lumière réchauffe, qui parle six langues, parcourt treize kilomètres à pied pour venir au Tremplin. Père Sagna lui enseignera les vertus du gingembre, qui régénère le sang, du nonei, dont les fruits jaunes fermentés donnent une liqueur fortifiante, il lui apprendra que la manja purifie l'eau et lutte contre le diabète, que les arbres sont comme les poils à la surface de la peau, qui protègent la terre de l'évaporation, de l'érosion, il lui prouvera qu'une branche coupée peut repousser et donner des fruits. Dans dix ans, si Modou ne replonge pas dans les crocs de la ville, il deviendra un agriculteur, il sera marié, il aura des enfants, et peut-être, parfois, il repensera à cette soirée ordinaire dans la crasse de Dakar, à ce réveil brutal, à Tidiane qui l'attrape par le col et le sort de l'étal pour lui donner un destin.

Écoute les arbres tomber

L'abattage d'un arbre âgé de deux siècles est une expérience singulière pour un Occidental qui n'a jamais abattu que de l'herbe avec une tondeuse. L'arbre en question est un sapelli. Son bois est rouge sang. Il sert à façonner des portes, des fenêtres, des escaliers d'un bloc. Quand il sera coupé, il sera transporté jusqu'à la mer sur un grumier, un de ces bateaux que nous croisons à bord du *MSC Cordoba*, et partira vers la Chine se faire débiter.

Des types tout en nerfs ouvrent le chemin à la machette à travers une végétation dense, hostile. Le sort de l'arbre est scellé depuis plus d'un an. Une croix orange peinte à la bombe le condamne. On crapahute depuis vingt minutes dans la forêt primaire du Congo. Ici, une colonie de fourmis nomades. Quand elles traversent une maison, il faut grimper sur une table. Surtout ne pas laisser un bébé sur leur trajectoire. Des accidents surviennent tous les ans.

Les parfums de la forêt sont violents, du poivre, de la pomme, des épices, j'ai le tournis.

On progresse vers le sapelli condamné. Les coups de machette rythment nos pas. Il paraît que les animaux sont partout autour de nous. Je n'en ai vu aucun. Depuis le début de mon séjour, je n'ai pas aperçu la moindre narine de gorille ni la moindre trompe de ces fameux éléphants de forêt, petits, râblés, adaptés à cet environnement. J'ai bien vu deux crocodiles, une tortue, une douzaine de singes et des antilopes, mais ils étaient morts, à l'étal du marché de Pokola, le village créé par l'exploitation forestière. Les singes étaient brûlés entiers, d'un tenant, figés dans une position inquiétante et les traits désapprobateurs de leurs visages me conduisent à penser qu'ils ont été incendiés vivants. Immobile, un petit crocodile dont le cœur battait encore attendait dans un panier en osier le couic final. Pour notre sensibilité occidentale, c'est un choc. Mais les Congolais s'évanouiraient sans doute dans nos abattoirs géants. La chasse est à moitié légale, parfois interdite, mais tolérée. Il faut bien nourrir les habitants de Pokola.

Pour atteindre cette petite ville depuis Brazzaville, il a fallu parcourir quatre cents kilomètres sur un long filet d'asphalte plus ou moins défoncé, puis trois cent quatre-vingts sur une piste. On a roulé sur la ligne de l'équateur, mais apparemment, j'étais le seul à trouver ça cool. Les Congolais n'avaient pas prévu de colliers de fleurs, de coupes de champagne ou de panneaux de signalisation, ou alors je ne les ai pas vus. Sur les quatre cents premiers kilomètres, les paysages étaient disparates : savanes, reliefs délavés par les vents et forêts équatoriales. Enfin, je croyais que c'étaient des forêts équatoriales. Dans le 4 × 4, un employé de la CIB, la Congolaise industrielle des bois, m'a expliqué que non, ces forêts-là n'étaient pas des forêts. Des groupes d'arbres bien sûr, mais pas des forêts. Pourtant, ces forêts qui n'en sont pas feraient verdir de jalousie Rambouillet. Mais ici, c'est simplement de la verdure, du jardinet. Les forêts, c'était plus haut, au Nord, là où nous nous rendions.

Parfois, en haut d'un col, le paysage changeait totalement, c'était Urga, les steppes, la Mongolie, un horizon à trente kilomètres. À ma droite, derrière la vitre, j'ai remarqué qu'une ligne haute tension moderne cheminait parallèlement à la route. C'était curieux parce que rien n'éclairait les villages que nous avions croisés. Villages, le mot est fort pour désigner ces groupes d'habitations en tôles ou en terre battue. Jamais en bois, malgré la présence des non-forêts tout autour. La route ressemblait à une départementale française abandonnée depuis cinquante ans. Des trous, du sable, de la végétation qui dévorait le bitume. Parfois surgissaient des camions bourrés de marchandises, sur lesquels étaient juchés des dizaines de types. Ça balançait, mais ça tenait Dieu sait comment. Il y avait souvent des chèvres accrochées sur les côtés des camions, des ballasts à cornes. Elles étaient vivantes et gobaient les mouches à 70 km/h en descente. Sur le bord de la route gisaient beaucoup de carcasses de voitures. J'en ai compté une vingtaine et puis j'ai arrêté. Un accident venait de se produire juste devant nous. De l'herbe arrachée posée sur l'asphalte sur une trentaine de mètres faisait office de panneau pour signaler le danger. Un camion, un minibus. Le camion avait gagné. Il ne restait rien du minibus. Des gens s'affairaient autour des carcasses. Vu la violence de l'impact, il n'y avait probablement pas de survivants dans le minibus.

Sur la route, on croisait en permanence des hommes, des femmes, des enfants qui marchaient. Je ne sais pas combien de kilomètres à pied font les Africains de la brousse par jour. Les femmes portaient le bois, l'eau, les vêtements propres après la lessive. Les hommes portaient leur maillot de Manchester United ou du Real Madrid. C'étaient les vacances d'été au Congo comme en France. Des gamins de 2, 3, 4, 5 ans s'égaillaient devant le ballet des bagnoles qui déboulaient parfois à 120. Peu d'élevage. Peu de champs. J'ai compté trois tracteurs. Contre zéro sur 1 000 kilomètres au Niger cinq ans plus tôt. Soudain, la vieille départementale s'est transformée en route nationale neuve. On arrivait à Oyo, dans la région du président Denis Sassou-Nguesso. Devant nous, en pleine brousse, a surgi comme un mirage un gigantesque aéroport tout neuf, copie conforme de celui de Brazzaville. On m'a expliqué que les Chinois, qui construisent tout aujourd'hui en Afrique, ont dû en vendre deux pour le prix d'un. L'aéroport est totalement désert. Il sert essentiellement au président et à ses ministres. Aucun touriste ne vient jusqu'ici. Dans Oyo, ville « présidentielle », les maisons sont gigantesques et sublimes, ce ne sont pas des maisons, ce sont des palais rutilants, ils sont si propres qu'on dirait les palais témoins d'une ville témoin, ce genre de cités fausses que visitait Catherine de Russie. Voilà à quoi servait la ligne électrique qui ignorait royalement les villages croisés sur le chemin.

À Oyo, nous avons déjeuné. Sanglier au piment avec beaucoup de piment et peu de sanglier. J'ai appris que les Congolais surnommaient Nicolas Sarkozy « Petit piment ». Mon voisin a pris du silure. Dehors, pendant qu'on se sustentait, une centaine de femmes marchaient à pas cadencés en chantant et en dansant. Une jeune mère était morte en couches la veille. Pourquoi étaient-elles si joyeuses ? « Hier, c'était jour de tristesse. Mais le deuxième jour, la vie reprend ses droits », m'a répondu la serveuse.

On s'est arrêtés dans un petit village un peu plus loin. Et puis, pour agrémenter cette journée, je me suis cassé la figure dans un égout à ciel ouvert. Il était autour de minuit. J'avais pris l'air pénétré du mec qui veut visiter le village de nuit alors qu'on n'y voit goutte. Résultat : coude en charpie et entorse au genou. La gironde tenancière du gourbi dans lequel on dormait m'a gentiment soigné avec du parfum Vezenia : il dégageait un musc puissant qui me donnait l'impression d'être un mec, un vrai mec, et ça tombait bien parce que ça picotait un peu. À 5 heures, sans électricité, on a payé à la lumière des téléphones portables et puis on a emprunté une piste rouge vif, rouge à cause de la latérite, ce mélange très ferreux qui s'oxyde et stabilise la piste quand on la construit. Et la piste, soudain, est entrée dans un mur. Un mur vert. Une vraie forêt. Immense. Haute. Dense. Impénétrable. « La moitié de ce qui vit sur terre vit dans ce genre de forêts », a dit le type de la CIB.

Après une heure de route, alors que nous devions traverser un bras de fleuve, nous avons été bloqués par des ouvriers chinois. Ils construisaient un autre pont gigantesque pour remplacer l'ancien. Nous étions perdus au milieu de nulle part et souvent, quand des êtres humains se croisent dans les déserts, ils se saluent. Ils nous ont ignorés. Nous n'existions pas. Après une demi-heure d'attente, j'ai tenté de les approcher pour en savoir davantage. Je les hélais en anglais. « Combien de temps ? » Ils ne détournaient même pas la tête. Ils ne parlaient ni français, ni anglais, ni allemand, ni aucun dialecte ou langue africaine : ils parlaient chinois, fumaient des cigarettes chinoises et portaient des chapeaux... chinois.

J'ai insisté. Je suis monté sur le chantier en cours, j'ai repéré le chef des travaux, je lui ai parlé, il m'a encore ignoré, j'ai commencé à hausser le ton, je lui ai tapé sur l'épaule pour qu'il se retourne et croise au moins mon regard. Il a enfin détourné la tête, clope au bec, et son regard m'a traversé de part en part comme si j'étais la chose la plus insignifiante de l'univers, un moucheron, un courant d'air, une ombre, puis, sans me dire un mot, sans essayer de transmettre le moindre message du regard, il s'est remis à diriger les manœuvres de construction. J'étais désemparé, je ne savais si nous allions rester bloqués ici une heure, une journée ou une semaine. Heureusement, un jeune ouvrier m'a pris en pitié. Il s'est approché de moi, il m'a souri et a pris une tige de fer rouillé pour écrire le chiffre 15 sur la latérite rouge de la piste. Quinze jours, quinze heures ? Je ne savais pas, j'ai juste dit merci, ému par le seul moyen qu'avait trouvé le jeune homme pour communiquer avec moi. J'ai songé cinq minutes aux intelligences extraterrestres et à l'intérêt d'aller les rechercher alors que l'on peine à se comprendre entre humains sur terre et puis, quinze minutes plus tard, on a pu repartir.

Sur la piste, ça cahotait beaucoup, on en prenait plein les fesses, mais soudain, le chauffeur congolais a dû piler et se ranger sur le bas-côté. En face, un gros camion-benne jaune prenait toute la largeur de la piste. Un camion de marque chinoise. On a repris la piste dans un nuage de poussière, mais un deuxième camion jaune arrivait déjà. Un troisième... Un quatrième. On en a compté une cinquantaine en tout. Ils transportaient du gravier pour transformer la piste en route. Seuls dans leurs habitacles, les conducteurs portaient tous un masque sur le visage et des lunettes de soleil. Ce ballet des camions jaunes se jouait jour et nuit. Qu'importe si la route allait détruire les villages et massacrer une partie de la forêt : fric, « développement ». Point barre.

Après sept heures de piste, on est arrivés à Ouesso. Il a fallu encore traverser en bac la Sangha, une rivière large comme douze Loire, rouler encore une petite heure et enfin parvenir au bout du périple, à Pokola, une concession de 1,3 million d'hectares de forêt primaire exploitée pour nos terrasses, nos huisseries, nos fenêtres. Sur le papier, ici, vivent les méchants. J'ai découvert et expliqué dans mon article que la réalité était plus complexe, même si voir les grumes sortir par dizaines de la forêt, en flux tendu, est un crève-cœur et une hérésie écologique.

Le voilà enfin, cet arbre condamné. Il mesure quarante mètres de haut. Deux mètres de diamètre. Il est né quand Napoléon faisait l'imbécile. Il va mourir sous Petit piment. Ses branches sont gigantesques, des arbres à part entière chez nous. C'est le genre d'arbre qu'on mettrait sous cloche en Europe. Ici, c'est du boulot. Les forestiers n'éprouvent rien quand ils font tomber un machin pareil. J'ai essayé de leur faire couler une larme de rédemption. J'ai convoqué Romain Gary, *Les Racines du ciel*, la symbolique. Ils m'ont regardé comme si j'avais fumé trop de chanvre. Pour eux, couper un arbre âgé de deux siècles, c'est tout bêtement comme de cueillir un gros cèpe. C'est cool, c'est chouette. Le préposé au sciage fait son office. Un Mozart de la tronçonneuse, selon ses collègues. La sciure rouge gicle dans un bruit de tondeuse. Je suis comme un chat devant un aspirateur. En dix minutes, c'est plié. Un dernier coup de tronçonneuse et c'est fini. Mais juste avant, les hommes préparent une piste de fuite à l'opposé de l'angle de la chute déterminée par la plus grosse branche. On est situé à trois mètres à peine du géant presque mort. Mais plus on s'éloigne du tronc, plus on prend le risque de se retrouver étêtés par la guillotine des branches.

« Ça y est, il part », dit le chef. « Il part. » On dit la même chose des malades dans les services de soins palliatifs. L'arbre glisse sur sa souche, penche, tombe au ralenti, dans un bruit de tonnerre. La forêt renvoie l'écho du fracas de la chute. On dirait l'inauguration d'un paquebot, quand le monstre de métal glisse sur ses cales lentement et s'enfonce dans l'eau. Le craquement final glace les sangs et juste après, c'est un silence de deux siècles qui envahit tout l'espace. L'Idéfix que l'on porte tous en nous hurle à la mort. Des centaines de milliers de feuilles tombent à leur tour, comme des lucioles. L'émotion est sciée en deux par un dernier coup de tronçonneuse dans le vide. Ce « zzzz ! » sert à signifier aux gens alentour que tout est en ordre. Voilà, un cèpe de plus dans le panier. Du boulot pour pas mal de gens. Et la forêt qui meurt un peu davantage. J'ai l'impression qu'on vient de tuer un éléphant. Un proverbe dit qu'on entend les arbres tomber, mais jamais la forêt pousser. J'ai beau tendre l'oreille, je n'entends au loin que des arbres tomber.

Un chien est mort

Tous les sapellis ne sont pas condamnés à finir en huisseries. Je viens d'en voir un majestueux et intouchable, un arbre sacré, magique pour les Pygmées. Il sera préservé de la coupe. Pour combien de temps, je l'ignore.

Nous venons de quitter l'arbre magique et le village pygmée. Nous roulons sur le serpentin de terre rouge déroulé dans le grand océan vert de la forêt primaire. Le conducteur fonce, des nuées de papillons multicolores s'éclatent contre la calandre de la voiture comme des feux d'artifice organiques dont on admirera les éclats quand on s'arrêtera pour fumer une cigarette. La chaleur écrase l'horizon, mouille les yeux, brûle les tempes, dilate l'air en grosses molécules qui tremblotent, de la gelée en guise de paysage. Sur le côté de la piste, de temps en temps, des groupes de Pygmées nous regardent les regarder. On dit « pygmée », on devrait dire « semi-nomade autochtone ».

Pygmée, cela vient du grec, cela signifie « haut d'une coudée », c'est une insulte ici. Les femmes triment, les hommes sont alanguis ou titubent. Ils sont ivres dès 7 heures du matin au gnolo-gnolo, un alcool fermenté à base de maïs et de manioc avec lequel on peut faire décoller une mobylette.

Nous avons fait leur connaissance dans le village que nous venons de quitter, partagé avec des Bantous et situé à cent kilomètres de piste de la concession. Au centre, la zone bantoue, en périphérie, celle des Pygmées. On s'est assis avec les Bantous et les Pygmées devant la case du chef. Du chef bantou. Il n'y a pas de chef pygmée, il n'y en a jamais eu. C'est une société horizontale dans laquelle chacun a une qualité qui fait de lui un chef dans son domaine : chasse, pêche, magie. Ils sont les seuls à oser s'aventurer profondément dans la forêt, à y survivre, à ne pas s'y perdre, à en connaître tous les secrets.

Les Bantous étaient assis sur des chaises et portaient des maillots de foot propres. Les Pygmées étaient accroupis par terre, habillés comme à Paris voilà vingt mille ans. Ils avaient tous les yeux exorbités, la pupille fuyante, l'alcool bouillonnait dans leur sang. Pygmées et Bantous s'entredéchirent silencieusement depuis des siècles. Les seconds tiennent les premiers en simili-esclavage. Les Pygmées sont souvent battus, parfois à mort. Ils travaillent dans les champs dont les propriétaires sont les Bantous et sont payés en gnolo-gnolo. Dépendance économico-alcoolique. Peu à peu, quand même, les choses changent, certains Pygmées s'alphabétisent, s'émancipent, comprennent que si les Bantous ont des machettes, ce n'est pas de la magie, mais parce qu'ils les achètent au marché de Pokola.

Dans leur village, les Pygmées nous ont emmenés découvrir leur fameux arbre sacré. L'un d'eux m'a pris par la main. On a marché longtemps comme ça, à la queue leu leu, main dans la main, comme des écoliers en promenade. Ils parlaient sans arrêt et sans se soucier d'être compris. Et puis, au bout de la balade, on est arrivés devant l'arbre intouchable et magique. Devant le large tronc, ils nous ont expliqué qu'on n'avait pas le droit de s'aventurer plus loin. Il fallait être initié. On est revenu au village, on y a croisé des femmes, des enfants, d'autres Pygmées sobres et qui travaillaient. Il n'y avait pas d'eau dans ce village, pas d'électricité. J'avais l'impression un peu sotte de vivre le tournage d'un film en costumes préhistoriques, *L'Odyssée de l'espèce*. J'ai dégainé mon téléphone pour prendre des photos. Les enfants rigolaient de se voir rigoler sur l'image renvoyée par l'écran tactile. Après, il a fallu donner une somme d'argent. Le rituel. Ça ne servira pas à améliorer le quotidien, mais à payer dix litres de vin de palme. Sur place, on dit que ça ne peut pas se passer autrement. L'espérance de vie d'un

Congolais s'élève à 53 ans. Celle d'un Pygmée, à peine 40 ans. J'ai quitté le village avec l'impression d'avoir touché du doigt l'humanité la plus lointaine de nos canons, de nos carcans. Et puis, en songeant aux rires des gamins devant l'iPhone, aux hommes qui tuent le désespoir dans l'alcool, cette rencontre a pris la forme d'un miroir où se réfléchissaient de chaque côté du tain les mêmes enthousiasmes, les mêmes angoisses, la même humanité.

La voiture fonce sur la piste. Le soleil tombe comme une pierre de lave incandescente, on est tout près de l'équateur et, à ces latitudes, l'astre n'hésite pas, il saute à pieds joints dans la nuit. Cela crée une drôle de lumière dehors, farouche, puissante, mais dont l'intensité décroît à toute vitesse, dévorée par les ombres de la forêt. Nous roulons dans ce tourbillon de couleurs, le grenat de la piste, les verts de la végétation, les étincelles nacrées des papillons et l'or usé du soleil qui s'écroule. Et puis soudain, sur la gauche, j'aperçois une petite famille de Pygmées. Le père, la mère, l'enfant et le chien. Ils attendent Dieu sait quoi. Ils habitent trois huttes en feuilles de palme plantées sur le bord de la piste. Le chien, il est un peu con, il est un peu chien, il ne doit pas en voir souvent des voitures avec sa famille de semi-nomades autochtones dans la forêt primaire. Alors quand il nous voit débouler, il nous prend en chasse, il nous prend pour une bête, le chien, le con, il fonce, il fonce, sauf que nous aussi, nous fonçons. Et ça fait boum-bing-bam, un bruit de tôle tordue et de porte qui claque, et juste après un cri de chien, jappement bref et clair. Le dernier cri du chien.

Le conducteur pile dans la poussière et jure en bantou. Il ouvre la portière, déplie son corps et s'extrait du 4 × 4 Toyota criblé de papillons multicolores. Il regarde les dégâts. Engueule les Pygmées. Le chien est tordu dans une position intéressante pour les peintres mais pas pour les enfants. On dirait le chien de Pompéi figé par la lave du Vésuve. Le petit Pygmée est en pleurs. Son père crie, éructe, il négocie probablement un dédommagement quelconque. La mère tient son fils par les épaules, mais le petit garçon se débat et s'effondre en confettis de larmes sur le chien. Le ton monte. Le bantou s'allume très lentement une cigarette et toise le Pygmée qui lui arrive à peine à l'épaule. Sa main protège la flamme du briquet, il aspire, la clope crépite. Il jette un œil vers la voiture, nos regards se croisent, je suis toujours assis à l'arrière, il semble réfléchir une seconde puis fouille dans ses poches. Il en sort une pièce qu'il jette en l'air en se retournant. J'ai l'image de cette scène de rien du tout incrustée dans le cortex. La pièce qui tournoie dans la lumière du couchant, le Bantou qui revient nonchalamment vers la voiture et derrière, la famille pygmée et le gamin effondré qui pleure sur son chien.

JOUR 5

AU LONG DES CÔTES ALGÉRIENNES

J'ai refermé précautionneusement le premier conteneur africain et j'ai passé ma nuit à regarder les étoiles sur la passerelle supérieure. Le spectacle était merveilleux. Jupiter pétaradait comme une ambre explosive et la ligne de la Voie lactée blanchissait le ciel jusqu'à l'horizon.

Ce matin, on rattrape peu à peu un cargo deux fois plus gros que le nôtre. Cent mètres de plus, dix-neuf mille boîtes contre quatre mille au maximum pour notre petite barque. Ce cargo-là pourrait transporter facilement le *MSC Cordoba* dans son ventre monstrueux. « Je détesterais travailler sur un navire pareil », a lâché Dino, le chef mécanicien. Dino a 45 ans, trois enfants, une femme et une calvitie qui lui va très bien. Ses mains savent tout réparer sur un navire, tout réparer tout court. Hier, il colmatait encore une fuite dans les énormes tuyaux de chauffage du pont inférieur puis se rendait juste après à la salle de gymnastique pour remettre en état de marche le stepper qui permet aux marins de dissoudre dans l'effort les bières décapsulées la veille. Sa mission sur le *MSC Cordoba* dure aussi six mois. Plus que deux à tirer. Il a commencé à travailler dans les années 1990, à une époque où il était impossible d'envoyer des e-mails du bateau. Les marins postaient de vraies lettres dans les ports, elles arrivaient parfois après leur retour. Tous les jours, il envoie un e-mail à sa femme.

Dino dirige huit marins dans « l'enfer ». L'enfer, c'est le surnom de la salle des machines. Autrefois, il y faisait cinquante degrés. La température n'en atteint aujourd'hui que quarante. Les marins triment huit heures par jour sous cette chaleur clémente, dans un fracas permanent. Ils communiquent entre eux dans une langue des signes qu'ils se sont inventée. Je commence à comprendre pourquoi les hommes s'affalent tous les soirs épuisés devant des films d'action.

Ce matin, la mer était encore plus blanche que la veille. En regardant les côtes africaines, j'ai écouté « Sabali » d'Amadou et Mariam et puis « L-O-V-E » de Nat King Cole. La musique a été inventée pour être écoutée au large. Demain, j'irai assister au lever du soleil dans la salle de commande. À midi, pour la première fois, j'ai partagé mon repas avec Maïté et la glace s'est un peu fendue entre nous. Ce n'était pas vraiment de la glace, chacun essayait simplement de ne pas marcher dans le silence du voisin. Maïté me fait penser à ma mère. Elle a presque son âge et elle aussi voyage seule. Elle aussi doit se coltiner les regards interrogateurs ; pourquoi voyagez-vous seule ? À ton avis, couillon ? C'est moi qui dis ça, Maïté est bien trop délicate pour repartir de cette manière. Elle comprend aussi les questionnements des Philippins pour qui la famille est sacrée. Pour eux, une femme de 65 ans ne peut vivre qu'au milieu des siens. Elle m'a parlé de son ancien boulot dans les ressources humaines d'une grosse entreprise informatique et de la société de conseil qu'elle a créée depuis. Maïté m'a aussi raconté qu'elle était une pionnière de la médecine homéopathique et de la nourriture bio. Voilà trente-cinq ans, elle se démenait pour dénicher des légumes et des fruits cultivés sans pesticides à Paris et ses amis se moquaient d'elle. Aujourd'hui, peu à peu, ils s'y sont tous mis. Retraitée depuis peu, elle est bénévole dans le Mouvement Colibris fondé par Pierre Rabhi, ce drôle de loustic tout sec capable de faire pousser des tomates sur des pierres et qui pense que convoyer par cargo des citrons d'Anvers à Istanbul n'est pas une bonne idée pour la planète.

Comme tous les jours, j'ai passé la moitié de la journée à écrire et l'autre à regarder la mer, à tribord, à l'avant, loin des bruits des machines, assis sur une bitte jaune où les marins accrochent les aussières quand ils arrivent au port. Les journées se répètent, se récitent, métronomiques, mais ce rythme régulier n'a rien de commun avec celui du quotidien parisien, quand les jours jumeaux finissent par ronger les organismes. Ici, l'habitude n'est pas un acide, c'est une pulsation rassurante et le cargo devient peu à peu un lieu de solitude heureuse. Nous avons longé les côtes algériennes toute la journée et l'on voyait parfois surgir des reliefs dans les brumes. Nous venons de passer le Cap de fer, à 21 milles marins. Ce matin, j'ai repéré au loin le port d'Alger, mais je n'ai pas vu la moindre queue de baleine.

Je suis retourné dans la salle de gymnastique. Je crois que je surréagis aux stimulis musculaires, je gonfle à vue d'œil et si je continue, on va me prendre pour un docker à Istanbul. L'horloge murale du gymnasium était bloquée. L'aiguille des secondes tictaquait contre celle des minutes sans jamais réussir à la franchir. C'était une belle métaphore de ce que devient le temps à bord du cargo. Malgré tout, le capitaine nous a demandé d'avancer nos montres pour nous mettre d'ores et déjà à l'heure turque.

Ce soir, le ciel était dégagé, le rose du soleil s'est dissous dans la mer et j'ai encore raté le rayon vert. Nous sommes au milieu du voyage. Dans quatre jours et demi, nous atteindrons Istanbul. J'ai besoin de faire une pause. D'ouvrir un conteneur de ma mémoire un peu spécial, loin des péripéties du bout du monde. L'histoire qui s'y cache s'est déroulée en France et ressemble un peu à celle du cargo : le temps y change de nature, la solitude y est totale ; mais ici, sur ce navire, il y a le ciel et la mer et le soleil et les marins et Maïté, alors que dans la boîte que j'ouvre maintenant, on ne trouvera que du noir, un noir d'encre, un noir de cauchemar.

Au fond

Voilà, je suis seul, les fesses gelées posées sur une stalagmite arasée, à 85 mètres de la surface. Je ne sais déjà plus quelle heure il est. La fente naturelle creusée dans les broussailles du Causse noir, près de Millau, m'a aspiré. J'ai descendu les 55 premiers mètres à la verticale d'une paroi rocheuse verte de mousse, en rappel, pour laisser le soleil de la fin de l'après-midi mourir au-dessus de moi. Pendant que je me balançais dans le vide, je ne voyais pas le fond du gouffre étroit, menaçant et froid. Après, il a fallu crapahuter sur des éboulis, des pierres humides, et puis ramper dans une chatière à la lueur de la lampe frontale qui équipe mon casque de spéléologue tout neuf, pour découvrir une caverne au seuil de laquelle gisaient une vipère morte, encore fraîche, et de vieux ossements de chevreuil. Les deux bestioles ont dû choir dans le piège, tenter de s'en sortir, agoniser et puis mourir ici, dans le noir.

Je suis là dans ce trou parce que le journalisme mène à tout. Mon magazine prépare un numéro d'été consacré à la « Lumière » et voulait clore le dossier par un reportage dans l'obscurité. J'y suis jusqu'au trognon. Sans montre, sans lumière naturelle, sans radio, au milieu d'un fantastique écheveau de stalactites et de stalagmites. À quelle vitesse vais-je perdre le fil du temps ? Je suis là pour répondre à cette question, pour quarante-huit heures si tout se passe bien, pour l'éternité si tout se passe mal, mais n'anticipons pas. Ne jamais crier avant d'avoir mal.

Le halo de mon casque n'éclaire que de petites parties de cette grotte âgée de 150 millions d'années qui n'est jamais visitée par personne. Le reste est plongé dans l'obscurité totale. Cette vision parcellaire est assez amusante quand on se balade en groupe, elle porte les chiffres de l'aventure, on se croirait presque dans un bon vieux Blake et Mortimer, ou dans une émission de Nicolas Hulot des années 1990. Tout seul, elle prend un tour plus sinistre.

Des cours d'eau ont creusé ce trou où j'ai aménagé mon bivouac, tout au fond, sur une partie surélevée à peu près plane. Le spéléologue Thierry Martin qui a accepté de m'emmener dans ce piège à rats a tenté de me tendre un hamac pour éviter les désagréments d'un sommeil à même le sol. J'écris désagréments : je pense bêtes immondes, insectes dangereux, myriapodes affamés, serpents assoiffés de sang. Dans le noir, beaucoup d'animaux prennent vie, prennent forme. Hélas, Thierry a abandonné l'idée du hamac. Aucun appui naturel digne de ce nom ne peut supporter le poids d'un homme dans cette foutue grotte. Dans un frisson, j'ai jeté une couverture de survie en aluminium sur le sol, elle me servira de matelas. Et puis j'ai demandé à Thierry s'il y avait beaucoup d'autres vipères qui traînaient dans le coin. « T'inquiète, il fait trop froid pour elles. Et puis, tu sais, le seul danger, c'est pas la grotte, c'est toi. »

Le fil de lumière que je porte sur la tête éclaire la vapeur qui sort de ma bouche. Chaque fois que j'expire, des nuages graciles plongent ce que je vois dans une brume éphémère. Dans le noir total, je ne peux me déplacer sans tomber sur cette herse de stalagmites glissantes. Le froid transperce déjà mes os : 11 degrés, 70% d'humidité. Avant de me laisser seul dans ce gouffre, Thierry m'a expliqué la procédure pour remonter en cas d'urgence. Je n'y entends rien en spéléologie. Comme un écolier terrorisé, j'ai noté consciencieusement sur mon cahier chaque étape s'il ne revenait pas. Je lui dois vraiment une fière chandelle d'avoir accepté de m'emmener ici sans me demander d'assurance spéciale, en toute confiance. Et dans le même temps, je le trouve un peu léger de me laisser là, comme ça, un Parisien tout seul dans une grotte. Si ça se trouve, il n'aime pas les Parisiens et il est en train de commettre le crime parfait.

Je me demande si j'ai vraiment peur ou si je joue à me faire peur. Je me demande ce que cette solitude absolue, cet isolement total va créer ou dénouer en moi, si quelque chose va fondre, se fendre ou se dissoudre. Peut-être ne va-t-il rien se passer du tout, ni hors de moi ni en moi. Mais je sais déjà que ce séjour dans la nuit prolongée sera davantage qu'un reportage. C'est une expérience personnelle, j'en suis convaincu, un voyage immobile vers quelque chose d'étrange et que je ne connais pas. Pour l'instant, je ne sais rien. Je ne ressens rien. Je ne ressens rien sauf le froid.

Quelques heures ont passé. J'ai tout éteint. Je pense que la nuit est tombée. Je n'en suis pas sûr. Je ne sais plus ce qu'est vraiment une heure. Le silence se montre massif, exubérant, mais ce n'est pas un silence de montagne, un silence de désert, son cri blanc est troublé par un ruissellement permanent. Avant ma descente, hier, le ciel s'est effondré comme une vitre lourde. L'eau de l'orage a traversé la terre et me tombe maintenant sur le bout du nez. J'ai froid. Je fume pour passer le temps. J'entends distinctement le crépitement de ma cigarette. J'ai préparé mon premier repas au réchaud. Une blanquette. J'ai mâché lentement et j'entendais aussi, dans ma boîte crânienne, le bruit de mastication de mes molaires qui broyaient la viande. Je n'avais jamais prêté attention à ce son auparavant. Je me sens fragile. Je me sens animal. Je me sens seul.

On est mieux au chaud. Je me suis installé dans mon duvet en écoutant suinter la grotte. C'est un cocon protecteur, une armure, une membrane qui me sépare du gouffre, de l'humidité, du froid, c'est ma maison. Mon corps est en alerte. Tout me paraît hostile. Thierry m'a parlé de l'expérience menée par Michel Siffre et Véronique Le Guen en 1989, quand la jeune femme a passé trois mois seule au fond du Valat-Nègre, à deux pas d'ici. C'est là-bas que Thierry voulait m'emmener au départ, mais le cadavre en putréfaction d'un chevreuil tombé récemment au fond du gouffre l'a fait changer d'avis. « L'odeur aurait pourri l'expérience », a dit Thierry. Je n'ai pas râlé. J'ai opiné. J'ai dit merci. Thierry a participé à l'aventure de Véronique Le Guen à l'époque, mais il était resté en surface : « Sa première semaine a été la plus dure », m'a-t-il confié. Il connaît bien Michel Siffre qui a passé, dès 1962, deux mois au fond d'un glacier et prouvé qu'une horloge interne règle les cycles de l'être humain. Trois mois. Deux mois. J'éprouve un respect total pour cette profonde folie. Mon horloge interne n'indique aucune heure. J'essaie de m'endormir. J'ai envie d'écouter de la musique. J'ai envie de trouver du Wifi et d'aller compter les moutons sur Internet. Je tourne dans tous les sens. Silence. Goutte-à-goutte. Dix mille robinets mal fermés. Je rallume ma lampe frontale. Elle dessine des ombres. Je vois des monstres. J'espère qu'aucune vipère ne va me mordre, qu'aucune scolopendre ne va explorer mon duvet et qu'aucune stalactite fixée au-dessus de moi ne va tomber et m'empaler comme un papillon sur le tableau du collectionneur. Je m'endors sans savoir que je m'endors, pétrifié vivant dans le dangereux brouillard de l'inconscience.

Premier réveil. Surprise, je suis vivant. Je reviens de mon expédition aux toilettes, un trou que j'ai creusé dans la terre, beaucoup plus bas. Il me faut dix minutes pour l'atteindre. En descendant le relief pentu et glissant, entre les fourches des stalagmites, je me suis répété le conseil de Thierry : « Le danger, ce n'est pas la grotte, c'est toi. » J'ai donc passé ma première nuit. Ou alors la première nuit est passée sur moi. Je suis fourbu. Je ne sais pas du tout combien de temps j'ai dormi. Trois heures, six heures, neuf ? J'interroge mes sensations comme un scientifique teste ses hypothèses. J'essaie de convoquer la raison. Ai-je eu envie d'uriner ? Oui. Ai-je eu envie d'un café ? Oui. Me suis-je réveillé avec une érection matinale ? Non. Peut-être suis-je au milieu de ma nuit, naufragé sur le radeau d'un cauchemar qui n'en finit pas.

Je me suis rendormi, engoncé dans mon sac comme une larve sortie trop tôt de son cocon. J'ai eu un sursaut en dormant. Un gros bruit en bas, mat, dur, nouveau. Je me suis redressé comme un animal traqué. J'ai éclairé l'endroit d'où venait le bruit. Je me suis levé, les sens aux aguets, l'opinel dans la main, prêt à vendre chèrement ma peau. Ce n'était qu'une grosse stalactite qui gouttait dans un bouillon d'eau cristalline. Je ne l'avais pas entendue jusque-là, mon oreille ne l'avait pas isolée dans le concert des autres gouttes. Un instant, j'ai cru qu'un chevreuil était tombé.

J'ai allumé une autre cigarette. Pour tuer le temps, je me tue tout seul. Je suis allé explorer la grotte. J'ai trouvé des fémurs, des tibias, des bouts de mâchoire, des crânes de chevreuil. Pas de chauve-souris. Pas d'insecte, à part un moustique bizarre sans trompe qui est resté longtemps immobile sur une stalagmite. Cette nuit habitée par les ombres créées par ma lampe frontale est un cauchemar d'enfant, ou de littérature, entre *Le Terrier* de Kafka et *L'Inondation* de Zamiatine. C'est étrange d'affronter enfin à l'âge adulte les démons qui se cachaient sous mon lit quand j'avais huit ans. Si un chevreuil tombe vraiment et se met à ramper en agonisant, que devrais-je faire ? Comment abréger ses souffrances et éviter d'écouter ses gémissements ? Je commence à me demander comment on achève un animal avec un opinel numéro 9. Lui saigner le cou ? Lui enfoncer le couteau dans l'œil ? J'échafaude des stratégies d'équarrisseur amateur. Toutes les solutions que je trouve me répugnent, mais l'idée de partager la compagnie d'un animal qui n'en finit pas de crever, encore davantage. Je préfère me préparer mentalement. De toute façon, je n'ai que ça à faire.

Est-il 5 heures du matin ? Midi ? En tout cas, la faim me cisaille les viscères et la faim est une belle montre.

Je dois réchauffer mon plat dix minutes dans l'eau bouillante, c'est inscrit sur l'emballage humide de mon bœuf-carottes. Mais qu'est-ce que dix minutes ? Je ne me suis jamais posé la question. Je ne vais quand même pas compter jusqu'à six cents ? Que peut-on faire en dix minutes ? Cinq stations en métro. Prendre une douche. Baiser si l'on est pressé. Écouter trois chansons. Grimper à pied au premier étage de la tour Eiffel. Renverser le cours d'un match de football. Rien qui peut m'aider. Je dois trouver un repère, quelque chose pour rythmer le temps. J'éteins la lumière, je réfléchis dans le noir et finis par dénicher un sablier liquide juste au-dessus de ma tête. Une stalactite suinte sur la couverture de survie étirée au-dessus de mon duvet. J'entends un « ploc », toutes les seize secondes. Eurêka. Si je compte quarante « ploc », mon plat sera prêt. Je suis très heureux de ma trouvaille. J'ai l'impression d'être aussi malin que Rahan, le fils de Craô. Mais quelque chose me sépare de ce beau solitaire préhistorique. J'ai connu la révolution du Néolithique, l'invention de l'agriculture, la sédentarisation, je suis devenu un animal social. J'aimerais raconter des bêtises avec des amis, tourner en dérision nos peurs, nos impressions, remplir les minutes avec des mots, et ce chargement de phrases allégerait le temps. La solitude, c'est se raconter à soi-même des blagues et les trouver drôles. La solitude, c'est consacrer chacune de ses pensées à l'étude d'un temps qui ne s'écoule plus, ne file plus, n'avance pas, compressé, lourd, minéral, pierreux. Oui, le temps change de nature dans ce lieu étrange qui lui n'a pas changé depuis des millions d'années. Ici, le temps n'est plus une ligne qui avance, c'est un point immobile. Je repense à la théorie de la relativité d'Albert Einstein qui sut crever les intuitions mensongères pour s'en aller dénicher la vraie nature du temps, toute relative. Le temps n'est pas fixe, expliquait Einstein. Il s'allonge ou rétrécit en fonction des masses environnantes. Et je sais qu'à la profondeur où je suis, plus près du centre de la terre, le temps passe moins vite qu'en surface, un changement infinitésimal, mais je serais en possession d'une horloge atomique très précise, je pourrais le prouver, je pourrais le prouver car je le vis, oui, pour la première fois depuis que je respire, je ressens ce décalage imperceptible que les chercheurs vérifient en laboratoire et qui donne raison à Albert. En attendant, je m'emmerde.

Je suis en train d'épuiser toutes les manières de m'occuper, je serais capable de construire une cathédrale avec trois allumettes. Une vie pleine passe plus vite qu'une vie creuse. C'est un truisme, mais à force de chercher des moyens de ne pas penser, de ne pas rester figé, j'en fais l'expérience concrète. Depuis mon arrivée dans la grotte, je me suis déjà masturbé trois fois. Au départ, je voulais singer l'expérience mystique d'un héros de Milan Kundera qui fait littéralement l'amour à la terre, je voulais sonder cette planète qui me porte et lui rendre le plaisir qu'elle m'a donné en m'offrant les rivières, les aubes fraîches, les toiles d'araignée baignées de rosée, les champs de fleurs sauvages, l'eau tiède des tropiques, les fruits sucrés, la peau cuivrée des jeunes Tahitiennes au parfum d'hibiscus, le soleil jaune du printemps, les feux de cheminée, la voix pure des enfants, la neige immaculée qui craque comme le cuir sous la chaussure, mais l'expérience ne m'a pas porté aussi haut que j'aurais voulu, le froid et les squelettes de chevreuils ont un peu gâché la fête.

J'ai trouvé une nouvelle occupation. Pour cesser de m'emmerder, j'ai écrit le discours de mariage d'un ami, Antoine, sur mon calepin. Les mots que je ne prononce pas s'allongent sur le papier et se font bronzer à la lueur de ma frontale. Ça m'a fait du bien. C'était comme une soupe. C'était chaud. Pendant un temps indéfini, je n'ai pas pensé au temps. Et je me suis recouché. L'insecte de tout à l'heure est toujours là. Seul. Posé à quelques centimètres de moi. Ce n'est pas un moustique, il est plus élancé et son vol, lent, silencieux, est gracieux. Je me demande quel insecte préfère nicher ici plutôt qu'à l'air libre. Peut-être ne devine-t-il pas qu'il y a un monde dehors, tiède, doux, accueillant, plein de fruits, d'herbes folles, grouillant de mammifères au sang chaud et délicieux. Peut-être le sait-il, mais alors, il aura choisi la solitude et le régime sans sel dans le noir total à la survie dans l'abondance au milieu des prédateurs et dans la pleine lumière.

Mon sablier liquide a changé de rythme, la pluie de l'orage de la veille a cessé de ruisseler. Maintenant, les gouttes tombent toutes les vingt-sept secondes. Avant chacun de mes mouvements, je me répète la phrase de Thierry : « Le seul danger, ce n'est pas la grotte, c'est toi. »

L'insecte n'est plus seul. Ils sont trois. Je les ai baptisés Riri, Fifi et Loulou. Ils sont attirés par le halo de ma lampe frontale qui jaunit la pierre à côté de mon bivouac. Leur présence n'est pas désagréable, au contraire. C'est rassurant de ne plus être le seul à respirer l'air de ce trou. Je me demande ce qu'ils mangent. J'espère simplement que ce ne sera pas moi.

Peu à peu, la grotte me paraît moins agressive. Je m'adapte ou elle s'adapte à moi, m'accepte, et je me love presque amoureusement dans ses bras de pierre. J'éteins aussi de plus en plus souvent la lumière. Je commence à apprécier ce noir d'encre, mat, aussi pur qu'une première neige. J'ai encore révisé les étapes pour remonter tout seul en cas d'absolue nécessité : la remontée est très technique. J'ai apporté un livre avec moi, *Le Neveu de Rameau*, critique de la vie en société par Diderot. Je peine à le relire, l'humidité corne les pages, j'ai froid.

Je ne sais pas du tout quelle heure il peut être, j'estime que la deuxième nuit ne devrait pas tarder à commencer. J'essaie d'écouter mes sensations, de manger quand j'ai faim, de dormir quand j'ai sommeil, mais il n'est pas évident de deviner ce que désire son corps ou ce qu'il feint de désirer. Ai-je vraiment faim ou veux-je simplement accélérer le temps pour sortir au plus vite et revivre en plein soleil ? Où en est la course de mon cher astre ? À leur sortie, Véronique Le Guen et Michel Siffre pensaient chacun qu'il leur restait encore un mois à tirer tout au fond. Comment ont-ils tenu aussi longtemps ? Ce qui manque le plus, finalement, ce n'est pas tant le partenaire avec qui parler – je commence à apprécier mon propre silence, je commence enfin à fermer ma gueule, même intérieurement, je commence à ne plus tisser des idées et des phrases pour meubler le vide –, ce qui manque le plus, c'est tout simplement le soleil, sa chaleur rassurante qui évolue au cours de la journée, faible et mouillée au matin, puissante quand il brille au zénith, puis de plus en plus douce en attendant la nuit. La lumière blafarde des diodes de la frontale est glaciale. De la lumière pour frigidaire. La seule chose qui m'évoque le soleil, ici, dans ce trou noir, c'est le feu bleuté de mon réchaud de camping. Soupe aux vermicelles. La soupe me fait du bien. De la lumière liquide.

Deuxième nuit. J'ai réussi à lire un peu. Diderot est toujours aussi caustique, brillant, décisif, c'est un cannibale qui croque ses contemporains avec une cruauté douce, on sent qu'il les aime, ces chers êtres humains, avec du poivre et bien cuits. Pendant ma lecture, ma lampe frontale a balayé la grotte et dessiné en ombre chinoise une silhouette d'ours. J'ai ri tout seul. Mais soudain j'en ai marre. J'en ai assez. Je n'ai pas la sensation de vivre une expérience intense au cœur de Gaïa, notre mère. J'ai froid aux pieds, au nez, et je m'emmerde. Je repense aux mots de l'astronaute américain Gene Cernan le 14 décembre 1972, prononcés dans le décor grandiose de la désolation lunaire, les dernières paroles dites par l'homme avant de verrouiller la porte du module et de quitter la Lune : « Tirons-nous d'ici. »

J'ai éteint ma lampe pendant deux heures « environ ». Peut-être une, peut-être trois. « Deux heures » de vide total, à m'écouter respirer. J'estime qu'il est entre 20 heures et 3 heures du matin. Je ne pensais pas perdre aussi rapidement la notion du temps. Le fil est rompu avec l'extérieur, je me sens dans la peau d'une marionnette qui doit apprendre à marcher sans son marionnettiste. Il faut que je cesse de chercher des métaphores pour expliquer mes sensations. Entre les stalactites, des milliers d'yeux jaunes me regardent : des gouttelettes qui brillent dans le faisceau de ma frontale. Mais pour moi, ce sont les yeux de la grotte. Elle me dévore. Impossible de trouver le sommeil. Il est peut-être plus tôt que je ne crois. Barre chocolatée, clope, branlette. Je fais les cent pas au fond de la grotte. Je fais les cent grottes au fond de mes pas. Je ne pense pas à mon enfance. Je ne pense pas à mes amis morts. Je ne pense pas à l'absurdité des raisons qui m'ont amené un jour à exister. J'ai froid. J'ai encore croisé un crâne et un fémur. J'imagine les bêtes cherchant une issue à ce piège pendant des heures dans le noir total. Le paysage de la grotte est fabuleux. Certaines stalactites tombent en draperie, on dirait des chrysalides d'insectes géants. D'autres sont colorées par les minerais qu'elles ont traversés. J'ai mal au dos. Je suis fatigué. Le sommeil en profondeur n'est pas synonyme de sommeil profond. Mais je sens quand même une torpeur m'immobiliser au fond de mon duvet. Je regarde Riri, Fifi et Loulou à quelques centimètres de moi. Je leur dis bonne nuit et j'éteins.

Nuit pénible. Réveil dur. Froid. Le café m'a fait du bien. Je rêve d'une couette chaude, d'un baiser de ma femme, des cheveux blonds de mes enfants et, par-dessus tout, d'une douche. D'après mes calculs, il est entre 5 heures et 10 heures le matin du deuxième jour. Je me rends compte que je ne suis plus à l'affût des bruits. Je crois que j'ai finalement compris que la seule bête dangereuse de la grotte, c'était moi, ce grand primate qui, hélas, s'est mis un jour debout pour mettre le monde à ses pieds. Je suis apaisé, mais j'ai hâte que ça finisse. Hâte de ne plus avoir froid. Hâte de ne plus penser. Je m'entraîne à dire : « Salut Thierry, content de te voir », à haute voix, sur des tons différents. Espiègle. Joyeux. Aphasique. Sobre. Clinique. Exubérant. Fou. Hurleur. Bègue. Accent belge. Accent provençal. Accent antillais. Accent québécois. Pendant la nuit, j'ai remarqué que le noir était strictement le même quand je fermais ou ouvrais les yeux. Je pourrais dormir les yeux ouverts. C'est d'ailleurs ce que j'ai fait.

Je viens d'avaler mon dernier repas dans la grotte, si Thierry revient. J'ai l'impression d'être Jésus sans ses apôtres. Une Cène tout seul avant la résurrection. Au fond de l'assiette, un poulet basquaise industriel barbotait dans son gras, mais c'était chaud, alors c'était bon. Selon moi, il est midi. À trois heures près. J'attends donc Thierry dans trois à six heures. Ces calculs occupent beaucoup mon esprit. Peut-être me suis-je complètement trompé. Peut-être en suis-je encore au premier jour ? Mon sablier liquide a encore changé de tempo, il a ralenti, une goutte toutes les quarante secondes. Soit quinze « splatch » pour faire cuire mon poulet. L'humeur est meilleure parce que je sais que c'est presque fini, je le sens, on sent toujours venir la fin. Où Michel Siffre et Véronique Le Guen ont-ils trouvé la force pour rester aussi longtemps ? J'imagine que les contacts avec la surface les ont aidés.

Pour briser ce silence de goutte-à-goutte, je récite à haute voix l'un de mes poèmes favoris, « Demain, dès l'aube », de Victor Hugo, et puis « Comme un vol de gerfauts », de José Maria de Heredia, dont, après moult prises de catch avec ma mémoire, je finis toujours, mais jamais du premier coup, à retrouver les derniers vers. Je les récite au moins dix fois de suite chacun dans le noir total. Riri, Fifi et Loulou m'écoutent attentivement. Je pense qu'ils aiment la poésie. Puis je lis sur tous les tons possibles, encore, le discours que j'ai écrit pour le mariage d'Antoine. L'écho m'encourage.

Je me sens dérisoire, petit, minuscule, aussi petit, minuscule et fragile que mes trois moustiques. Cette grotte suinte depuis des millions d'années et suintera encore des millions d'années, indifférente au fracas du monde, indifférente à ma respiration. « La grotte est plus forte que toi », disait Thierry. Je suis à l'affût des bruits qu'il pourrait faire en revenant. J'enlève mon casque et mon bonnet. Je me sens à l'aise, j'ai moins froid, je connais chaque recoin, chaque crâne, je reconnais les « splatchs » des grosses stalactites, les « plocs » des petites, et le bruit d'évier qui se vide des stalagmites en formation.

Je sens la chaleur de mon corps irradier sous mes vêtements. Mon corps, la seule chose chaude dans cette grotte et je suis dedans : quelle veine. Je me prépare à l'émotion de la sortie. J'imagine quels sentiments ont pu traverser Siffre et Le Guen, quelle puissance. Je ne sais pas si le suicide de Le Guen, quatorze mois après sa sortie, est lié à cette expérience. Peut-être. Peut-être pas du tout. Mais cet enfouissement prolongé a forcément un impact. C'est comme déposer un poisson sur le sable brûlant d'une plage à midi, attendre et se demander si le poisson a le moral ou non.

Je me suis trouvé un coin pour écrire avec une vue superbe sur la grotte. Je ne pense pas retrouver de sitôt de telles conditions d'isolement. Je me demande ce qu'il se passe en Ukraine, à Gaza, ou plutôt je ne me le demande plus, trop concentré sur le froid qui me mange les pieds. Avant mon départ, des amis m'ont dit en rigolant que je serais peut-être le dernier survivant en cas de guerre mondiale. Dehors, je rigolais. Après quarante-huit heures de nuit, je considère que c'est une possibilité infinitésimale mais une possibilité quand même et elle se doit d'être étudiée, d'autant que j'ai un peu de temps à meubler. Soit dans quatre heures je suis dans un TGV pour Paris. Soit je suis le dernier survivant. Comme la lumière dans le vide, l'imagination court plus vite dans le noir. Au moindre bruit nouveau, Thierry sera là et je pourrai lui dire : « Salut Thierry, content de te voir. » Mais rien ne vient. Tout est encore possible. Ou alors je suis fou et je n'en suis qu'au premier jour ? Non, vraiment, je n'ai pas envie de passer une nuit de plus ici. Ni de remonter tout seul. Il m'a dit que si je commettais une fausse manœuvre à la remontée, je pourrais rester bloqué et la corde de mon baudrier pourrait me cisailler l'artère fémorale. Je ne veux pas crever suspendu à une corde comme un vieux sac. Si jamais il est arrivé quelque chose à Thierry, accident de voiture, accident cardio-vasculaire, fin du monde, j'attendrai l'épuisement de mes réserves et la force de la peur pour remonter. Après, il faudra trouver de quoi me nourrir, construire un abri, échapper aux radiations nucléaires, aux prédateurs, faire le deuil du monde connu, trouver une femelle qui m'aimera bien et repeupler la planète. Je suis obligé de prendre au sérieux cette hypoth... Il est là ! Je l'entends ! Je m'éclaircis la voix : « Salut Thierry, content de te voir. »

Comme prévu, la remontée fut technique. Thierry a grimpé comme une araignée, moi comme un sac de patates. En remontant, la chaleur m'a envahi brutalement, je venais d'ouvrir la porte d'un avion après un atterrissage sous les tropiques. La lumière m'a ébloui et peu à peu la végétation est réapparue, d'abord des mousses timides, ensuite des herbes, et puis de vraies fleurs, je quittais cette lune souterraine, vingt mètres, dix mètres, j'étais trempé de sueur, sale, poussiéreux, mais ça y est, j'y étais, les cigales chantaient, je renaissais au monde, je n'avais plus froid, pantin heureux de retrouver ces cordes invisibles, ces câbles de photons, ces tresses de lumière qui le font tenir debout. Arrivé en haut, j'ai regardé une dernière fois au fond du gouffre, j'ai fixé ce noir béant qui semblait vouloir me garder dans son ventre. J'étais de nouveau attiré, hypnotisé. Mais je me suis retourné vers la lumière, vers le ciel et j'ai dit à Thierry : « Tirons-nous d'ici. »

JOUR 6

ENTRE LES CÔTES TUNISIENNES ET LA SICILE

Pas un zeste de vent ce matin. La mer est un miroir parfait où se reflètent quelques nuages blancs échappés d'un tableau de Magritte. C'est un spectacle enchanteur, il dessine un sourire automatique sur le visage de celui qui contemple cette photo colorée tirée du négatif argentique de la grotte. Le *MSC Cordoba* craquelle ce miroir d'huile sur son sillage. J'ai regardé le soleil se lever dans la salle de commande avec Ruben. Mes habitudes de couche-tard m'empêchent la plupart du temps d'en profiter, mais je préfère les aubes aux crépuscules, le retour de la lumière, le retour de la vie. Avec Ruben, nous avons parlé de la bienveillance des Philippins. « C'est parce que nous sommes chrétiens ! » s'est-il exclamé en levant un doigt en l'air. Je lui ai fait remarquer que j'étais athée et que j'étais aussi bienveillant que lui. Nous n'avons pas organisé de concours de bienveillance. Il s'est juste marré. Pour lui, l'athéisme est un exotisme charmant. Sous l'apparence lisse de l'officier de marine de 39 ans, Ruben développe un petit côté punk assez charmant. Il brandit à tout bout de champ son téléphone portable pour me montrer de nouvelles images paradisiaques de l'île dont il est originaire. Il m'a affirmé tout de go que la France était un grand pays de paparazzi. J'étais interloqué, d'abord parce que ce n'est pas faux, ensuite parce que Ruben adore les paparazzis et admire leurs techniques de Sioux pour voler l'image de leur proie. Sur cette traversée, Ruben est le second d'Angelo, mais il vient de passer avec succès les examens pour devenir capitaine. Dans un an ou deux, on lui confiera son propre bateau. Il est impatient. Il m'a raconté que le jour des résultats, il a caché avec sa main les prénoms des reçus sur l'écran de l'ordinateur de peur de ne pas y découvrir le sien. Il s'appelle Ruben Gonzales. Il savait que cinq Gonzales avaient passé l'épreuve. Il s'est rendu compte qu'un seul Gonzales allait devenir capitaine. Un sur cinq. Ça ne pouvait pas être lui. Et c'était lui. Je l'imagine faire un pas de danse, une pirouette devant son miroir le jour des résultats. Beau gosse.

Sur son téléphone portable, il m'a encore montré les photos d'un type qu'il ne connaissait pas et qui cherchait un restaurant de poissons. « Je lui ai indiqué le bon restaurant et puis j'ai mangé avec lui finalement ! » À défaut de copine, il m'a aussi présenté son nouveau 4 × 4 et m'a expliqué qu'on peut remplir une bouteille entière avec le lait de trois noix de coco.

Sur le tableau de commande, j'ai aperçu un gros chiffre rouge qui avançait : 2 246,4. C'est le nombre de milles que le cargo a avalés depuis son départ d'Anvers. Trois mille six cent quinze kilomètres parcourus. Le cargo est une règle, un double décimètre qui redonne aux distances leur vraie mesure effacée par les vols en avion.

Comme tous les jours et parce qu'il n'y a rien d'autre à fabriquer, je suis sorti du château pour baguenauder le nez au vent sur le pont. Quelque chose me turlupine : je me suis aperçu que depuis mon départ, je suis dépourvu d'érection matinale, ce qui ne m'est pas arrivé depuis la puberté. Soit j'ai laissé ma libido au port d'Anvers, auquel cas il faudra songer à aller la rechercher là-bas, soit le cuisinier déverse en douce des tombereaux de bromure dans les plats pour canaliser les ardeurs de l'équipage. Il faudra le lui demander.

Je me suis posté à l'une de mes places préférées, tout au bout de la proue, là où en penchant la tête par un trou d'aussières, on peut admirer le bulbe de l'étrave glisser sous l'eau. Je suis resté longtemps là-bas, le casque vissé sur les oreilles. La musique est un silence agité, et ici, dans cette cathédrale naturelle ouverte sur le ciel, à cet instant précis, j'avais besoin d'être secoué et d'écouter des chants.

Nous naviguons entre la Tunisie et la Sicile et ce miroir fabuleux, cette mer pure et cristalline, ce bleu amniotique qui nourrit l'âme est un cimetière. Sur les six premiers mois de l'année 2015, 1 867 migrants sont morts ici en tentant de traverser la Méditerranée, 1 308 juste pour le mois d'avril. Ils valent bien cette messe en *ut* mineur de Mozart qui me fait vibrer autant que les machines du cargo.

Juste après, je suis rentré au mess des officiers où j'avais rendez-vous avec le capitaine Angelo. Nous étions tous les deux isolés et les stores rouges du mess étaient baissés. On a longtemps discuté dans cette ambiance propice aux confidences. Je ne lui ai pas parlé des réfugiés tout de suite. Je lui ai d'abord demandé si ça valait le coup de travailler comme un damné en Europe quand on habite un petit paradis terrestre aux Philippines. Son visage de vieux chat siamois s'est plissé : « Tout ce que je fais, c'est pour ma famille, pour pouvoir envoyer mes enfants dans une bonne école. »

Il m'a confirmé que les marins philippins qui trimaient pour des compagnies européennes gagnaient dix fois plus qu'aux Philippines. Mais à quoi bon gagner plus si on en profite si peu et si on ne voit pas grandir ses enfants, si on ne vieillit pas auprès de sa femme ? À quoi ça sert d'acheter une voiture si on ne la conduit pas ? Il a botté en touche : « Ce n'est pas pour moi, c'est pour les autres. Mon fils conduit ma voiture quand je suis en mer. Bon, à force, il croit que c'est la sienne, mais non, c'est bien la mienne. » Il a souri comme pour diluer ma curiosité. Nom de Zeus, Angelo, c'était une métaphore cette histoire de bagnole ! Je suis obsédé par cette question de l'absence parce que je n'ai pas vu mes enfants depuis dix jours et je commence déjà à faire une allergie à quelque chose, j'ai des boutons dans le dos. Il a ri, encore. Pour l'anecdote, il a ajouté que d'autres marins refusaient que quiconque touche à leur voiture en leur absence et démontaient les pneus avant de partir. « Je ne comprends pas trop cette façon de penser. » Il s'est enfoncé sur son siège.

La mer a mis le grappin sur le capitaine du *MSC Cordoba* quand il avait six ans. Régulièrement, avec sa mère et ses frères, il prenait un ferry pour rejoindre son père qui travaillait pour Pepsi-Cola sur une autre île, à trois heures de navigation de Cebu, son île de naissance, l'un des plus beaux endroits des Philippines. « Chaque fois que je montais sur un bateau, j'avais une impression étrange. J'avais envie de grimper sur la passerelle, comme s'il y avait un aimant là-haut. Je disais à ma mère de m'y emmener. Chaque fois. Pas seulement la première fois. Même quand ma mère était malade à cause de la houle, moi je montais. Et quand j'étais là-haut, avec le capitaine, je me sentais apaisé, je me sentais bien, à ma place. » *Kairos*.

Les années passent, Angelo ne prend plus le ferry et oublie la mer, qui ne lui en a jamais voulu. Après le lycée, il copie ses amis de l'époque et s'inscrit dans une école d'ingénieurs. Il ne tiendra qu'un an et demi : « J'étais un étudiant ordinaire. Qu'allais-je devenir ? Probablement personne. Je n'aurai rien de spécial. Et puis mon père est mort. Les études d'ingénieur coûtaient cher et duraient cinq ans. L'école de marine prenait un an de moins et coûtait beaucoup moins cher. J'ai choisi la mer d'abord pour des questions pratiques. »

Mais à bord de son premier bateau, Angelo se rend compte qu'il est en train de vivre son rêve d'enfance. Dans la marine marchande, il devient quelqu'un de spécial. Il gravit tous les échelons à toute vitesse. Trois ans après sa sortie de l'école, il est nommé troisième officier de bord, un grade que certains mettent une vie à décrocher.

Marin et capitaine : Angelo est devenu quelqu'un. Aux Philippines, les gens de son quartier le reconnaissent. Les femmes se pâment sur son sillage. Ce magnétisme n'est pas lié au statut romantique du baroudeur océanique couvert de tatouages et d'embruns : « Ce n'est qu'une question d'argent, un dollar est gravé sur mon front. »

Dans l'atmosphère feutrée du mess des officiers, Angelo m'a raconté une époque révolue. Il a commencé sa carrière quand les porte-conteneurs n'avaient pas encore dévoré tout le marché de la marine marchande. Une escale pouvait durer sept jours. Les marins baguenaudaient le nez au vent, allaient voir les filles du port et s'imprégnaient des odeurs et des lumières des villes qu'ils découvraient. « La première fois que je suis entré dans le port de Brest, j'ai compris que j'étais en Europe ! » Aujourd'hui, les escales durent rarement plus de vingt-quatre heures et les ports industriels sont situés loin des villes. Les marins restent à bord, la plupart du temps.

Assez tergiversé, Angelo. Il est temps de te parler des réfugiés, du cimetière au-dessus duquel nous naviguons. Je repoussais cet instant parce que je ne voulais pas que tu puisses penser que je te juge, toi qui sillonnes ce cimetière deux fois par mois, tous les mois. As-tu déjà croisé des migrants, Angelo ? Et que ferais-tu si tu en croisais ? Poursuivrais-tu ta route, ta mission commerciale ? Prendrais-tu le risque de mettre ta carrière, ton statut en péril en stoppant les machines ?

Angelo s'attendait à la question. Il ne s'est pas rembruni, il a juste croisé les mains et a laissé passer quelques secondes pour structurer sa réponse. « On a vu de petits bateaux, mais on ne savait pas si c'étaient des migrants ou non. Un bateau de notre compagnie, le sistership du *Cordoba*, en a recueilli un jour. C'est un problème énorme. Si une embarcation est en détresse, nous avons l'obligation d'intervenir, en tant que marins et en tant qu'hommes. »

Le silence est revenu dans le mess des officiers. J'attendais le « mais », et le « mais » est venu. « Mais nous ne pouvons agir que s'ils sont en détresse. S'ils sont en panne, par exemple. Sinon, nous ne pouvons rien faire. »

Avant-hier, Angelo et tous les capitaines qui croisent dans ces eaux ont reçu une alerte d'Interpol. L'État islamique préparerait une attaque ces prochains jours contre un navire de commerce en se camouflant dans des bateaux de migrants ou en se faisant passer pour eux. C'est la « simulation de détresse » dont parlait Glenn en faisant la moue. Si une embarcation en « détresse » surgit devant le *MSC Cordoba*, Angelo fera stopper les machines et appellera son armateur. L'armateur contactera Interpol et Interpol demandera à Angelo de décider. Ça sera à lui, le capitaine du cargo, de juger de la réalité de la menace. Je lui ai demandé comment il pouvait savoir que des tueurs se cachent dans un flot de migrants, entre les femmes et les enfants. Il a soupiré et c'était sa seule réponse.

Nous allions briser là et repartir chacun de notre côté quand soudain, Angelo a enfin répondu à ma première question, au prix qu'il paie pour que sa famille soit à l'abri du besoin. Il a posé la main sur mon bras : « Tu sais, le pire moment de la vie d'un marin, ce ne sont pas les tempêtes. C'est quand on part, quand on quitte notre famille pour de longs mois. Chaque fois que je m'en vais, ça me brûle au fond, je n'ai jamais accepté que ma famille m'accompagne jusqu'à l'aéroport pour l'Europe, je ne le supporterais pas. Dans ces moments, je me demande pourquoi je n'ai pas su trouver un boulot normal. Et les meilleurs instants de ma vie de marin, je les vis quand je rentre et que je retrouve les miens à terre. »

Ce soir, après que j'ai raté ce crétin de rayon vert et vu aucune putain de baleine, l'équipage a organisé une petite fête dans le gymnasium. Bières, sauna, ping-pong et jacuzzi. Il aura fallu qu'une femme entre dans ce navire et demande à utiliser le jacuzzi pour que les marins se décident à y tremper un orteil. Merci Maïté. Sans toi, l'équipage du *MSC Cordoba* aurait continué sa mission pendant des mois sans avoir l'idée de se baigner dans ce rectangle de bonheur pur. Ils ont rempli le jacuzzi d'eau de mer et nous avons bullé. C'était un plaisir incroyable de plonger dans cette eau qui nous nargue depuis Anvers. Comme je le fais toujours, j'ai laissé l'eau salée entrer dans ma bouche pour savourer ce goût d'été, ce goût d'ailleurs et puis je me suis souvenu du cimetière et j'ai tout recraché. Dans le sauna, en sueur, Joseph, l'apprenti de 21 ans, en mer depuis dix mois, m'a dit qu'il n'avait pas seulement choisi ce boulot pour l'argent. Lui aussi est magnétisé par les bateaux, comme son capitaine. Même si le travail est éreintant et la pression constante.

Après la fiesta, je suis allé me balader sur les passerelles du château, torse nu. L'air est chaud, il a un goût du désert, il caresse la peau. Nous n'aurons croisé aucun esquif de réfugiés aujourd'hui. Cette nuit, nous longeons les côtes libyennes. Des hommes, des femmes et des enfants vont peut-être tenter leur chance là-bas, sous l'horizon. J'ai croisé les doigts pour eux, j'ai souhaité une panne de moteur aux islamistes et je suis revenu dans ma cabine.

Il est minuit. Je fais corps avec le cargo. Je ne perçois plus ses vibrations constantes. L'Afrique est toujours là, au loin, et sa présence magnétique détache du fond des mers les ombres qui y étaient enfouies. Piqués de coquillages, recouverts d'algues, les souvenirs remontent en surface et je les reconnais immédiatement. Ces souvenirs sont tatoués. C'était la guerre civile en Côte-d'Ivoire, c'était triste et sale, c'était comme on imagine toutes les guerres. Mais, car sans « mais », la vie serait épuisante de bêtise, dans ce chaos, des créatures de rêve m'ont pris pour Brad Pitt et j'ai piqué le plus grand fou rire de toute ma vie.

L'aveuglement

J'étais assis seul à la terrasse de l'hôtel avec mes moustiques et ma bière. Je regardais le ballet minuscule des algues voltigeant sous les fines risées tropicales à la surface d'une piscine sale où personne n'avait nagé depuis trois guerres. Je grillais cigarette sur cigarette. Je venais de passer une de ces journées tout en mélasse et je me sentais un peu dans la peau d'un goéland mazouté. J'avais laissé traîner mon regard vers le bar et je l'avais aperçue ; une petite bonne femme rayonnante et gironde, tout habillée de blanc, la quarantaine volubile et joyeuse dont la voix de colibri égayait à elle seule cet instant morose. Elle discutait avec les serveurs, elle riait à gorge déployée, ses cheveux châtains, frisés, ondulaient et son visage ouvert changeait d'expression toutes les secondes, rictus, fausse colère, sourcils hauts de la surprise, mais le rire, l'espièglerie l'emportaient sur tout. Elle souriait tout le temps en sirotant son cocktail et se fichait pas mal des moustiques qui lui labouraient les bras au marteau-piqueur.

Englué dans le brut, je regardais ce papillon voleter comme un miracle crépusculaire. Qui était-elle, je n'en savais rien encore. Le matin, je m'étais rendu dans l'ouest du pays, du côté de Duékoué, emporté dans un hélicoptère de l'ONU, en compagnie de journalistes ivoiriens ; les pilotes russes avaient des visages taillés à la serpe, des yeux clairs et des colts à la ceinture. Nous avions visité les lieux où des massacres de masse avaient été commis quelques jours plus tôt. En chemin, je regardais défiler à travers le hublot le paysage ivoirien, de la savane et des forêts largement échancrées par l'appétit insatiable des bûcherons en quête de bois précieux. Tous les paysages du monde vus du ciel ont un air de paix, il s'en dégage une forme de sérénité automatique, peut-être parce qu'on peine à distinguer les êtres humains qui les habitent.

Nous marchions dans les murs de la préfecture de Blolequin où soixante-trois civils qui s'y étaient réfugiés, pour la plupart des femmes et des enfants, avaient été assassinés à l'arme automatique. Les corps avaient été retirés et enterrés en toute hâte ; restaient les chiffons, les boubous et les jouets abandonnés, les sandales, les tennis, les objets du quotidien, ustensiles de cuisine, ballon coloré, radio portative, ce qu'on prend quand on part en urgence avec des enfants, quand on a peur, quand on fuit la mort. Des traces de sang séché maculaient le sol. Sur un mur, quelqu'un avait étalé de la merde humaine. Partout, dans la cour et les couloirs de la préfecture pullulaient de minuscules frites blanches qui craquaient sous la chaussure. Je ne parvenais pas à deviner ce que c'était. « Des vers de mouche. Des vers morts », m'avait glissé un journaliste ivoirien. Nous avions interviewé l'un des seuls survivants du massacre, perpétré par des partisans d'Alassane Ouattara selon les partisans de Gbagbo, commis par des partisans de Gbagbo selon ceux de Ouattara, un jeune homme qui avait survécu sous les corps de sa famille criblée de balles. Il ne parvenait pas à parler, ses yeux étaient vides, lointains, et le traducteur traduisait à toute vitesse des phrases qu'il ne disait pas, du baratin pour journalistes que j'écoutais d'une oreille distraite, concentré sur les vers blancs morts sous nos pieds. On nous avait présenté une autre survivante, retrouvée cachée au fond d'un puits où d'autres corps avaient été jetés. Ces gens-là récemment assassinés gisaient non loin de la fosse commune et attendaient leur tour pour être ensevelis. La jeune femme avait perdu toute sa famille elle aussi. Elle non plus ne parvenait pas à émettre le moindre son. La stupéfaction est un regard muet. De la terre séchée, peut-être de l'argile, était étalée sur son visage. Je ne savais pas ce que cela signifiait, si c'était une tradition, un rite pour marquer le deuil ou si simplement, à peine sortie de son puits, elle n'avait pas eu le temps de se laver. Je n'ai pas osé demander. Je n'avais pas de questions. Il n'y avait rien à dire. Je ne pensais qu'à ces milliers de vers blancs qui craquaient sous mes semelles. J'étais content d'avoir choisi une paire de grosses pompes en cuir, quelque chose d'épais, qui m'isolait du sol, de la merde, du sang, des vers, du monde. Plus tard, nous avions été baladés de camp de réfugiés en lieu de massacre et puis, en fin de journée, comme un automate, j'avais repris l'hélicoptère comme on reprend le cours de sa vie après une parenthèse diabolique, j'avais replongé mes yeux dans la beauté des paysages, comme si je pouvais les laver dans les étendues de savanes ourlées d'or sous le soleil couchant, et j'étais revenu à la terrasse de mon hôtel à Abidjan, où j'avais commandé une bière fraîche. J'en étais là, quand la petite bonne femme gironde du bar s'est approchée de ma table, précédée de son parfum fleuri.

— Ça ne vous dérange pas si je prends l'apéro avec vous ?

— Ah non, pas du tout. Au contraire, asseyez-vous, je vous en prie.

Elle m'a souri, elle sentait bon, elle était pomponnée comme une Italienne à l'heure de la *passeggiata*. J'étais heureux de partager cet instant avec ce visage bienveillant. Dans les zones de conflit, les relations humaines se nouent plus brutalement qu'ailleurs, les gens donnent et reçoivent beaucoup, sans attendre, sans jauger, sans calcul, l'amitié est impavide, forte et brève, un bourgeon que l'on voit éclore et fleurir en accéléré dans les films sur la nature. Notre amitié allait fleurir à toute vitesse, le bouton ne vivrait qu'une soirée, le temps d'un échange intime, mais son parfum éphémère était assez puissant pour me poursuivre jusqu'à aujourd'hui.

On est allés droit au but, droit dans ce qui nous projetait l'un vers l'autre sur cette terrasse, au bord de cette bière et de ce cocktail. Elle occupait un poste de haut responsable des Nations unies en Côte-d'Ivoire. Elle m'a écouté avec attention raconter mon périple dans l'ouest du pays. Certaines personnes ont une étincelle étrange dans les yeux quand ils vous écoutent, ils me font penser à ces téléviseurs en mode veille dont le petit voyant rouge témoigne d'une vie intérieure intense. Avec le temps, j'ai appris à reconnaître dans cette lueur les signes de la bienveillance. Elle a encore souri avec tendresse et puis, à son tour, m'a raconté son histoire.

Elle avait commencé à travailler en 1994 au Rwanda, pendant le génocide. Elle était belge et juive, détail qui aura son importance pour la suite. Elle s'y connaissait en marées noires, en coulées de brut, en mélasse. Elle m'a parlé d'une femme hutu qui avait assassiné ses enfants à la machette. Son mari était tutsi. Elle a aussi raconté sa visite dans une prison pour génocidaires où des centaines de détenus attendaient leur jugement debout dans une vaste cour surpeuplée. Ils étaient collés les uns aux autres comme des piquets, sauf un homme, au milieu de la cour, un type habillé en costard sale qui disposait de davantage d'espace. Un cercle de respect l'entourait. C'était un décideur. Un donneur d'ordre. Un homme éduqué en France, cultivé, intelligent, qui avait lu beaucoup de livres. Elle avait fendu la foule des tueurs anonymes pour lui parler à lui, le décideur. Et la question, en apparence inepte, naïve, en fait la seule qui valait le coup d'être posée, était sortie de sa bouche, serpent lancé aux trousses d'une proie irrattrapable : « Pourquoi ? » Le décideur avait simplement répondu : « Eux ou nous. » Trois mots pour expliquer.

Elle m'a raconté les survivants, les visages et les yeux des survivants, les mêmes fantômes qu'à la préfecture de Blolequin, plus difficiles à affronter que la vue des corps. Et puis, toujours en souriant et tandis que le serveur nous apportait un autre verre, elle a affirmé que le génocide des Juifs était pour elle, jeune femme juive dont une partie de la famille avait été assassinée par les nazis, quelque chose que son intellect, sa raison, parvenait à analyser, en dépit de tout. Le génocide des Juifs lui semblait procéder d'une démarche rationnelle. Un homme capturait des gens qu'il ne connaissait pas. Un autre les obligeait à monter dans un train. Un autre les en faisait sortir. Un autre les triait. Un autre les enfermait dans une chambre à gaz. Encore un autre appuyait sur le bouton. Encore un autre brûlait les corps. Elle comprenait la division des tâches, la déresponsabilisation générale, personne ne tuait, c'était une organisation, une machine dont les ressorts étaient connus, mais personne, littéralement, ne tuait. Et si l'on tuait, comme lors du génocide par balles au début de la guerre sur le front de l'Est, c'étaient des inconnus qu'on assassinait, des inconnus dont le statut humain avait été nié, effacé. On ne tuait pas des hommes. On écrasait des cafards. Au Rwanda, toute une population en avait soudain massacré une autre, à la machette (« Il faut au moins vingt minutes pour tuer quelqu'un qui se défend avec une machette », a-t-elle dit en piquant un bâtonnet dans une olive verte), des assassinats simultanés et par centaines de milliers, de la fureur aveugle et la seule réponse entendue « Eux ou nous », une réponse de documentaire animalier, de territoire de chasse, paraissait presque burlesque face à l'ampleur de la tragédie, même si elle disait une vérité nue, une vérité crue.

Et puis elle s'est mirée dans son verre pendant quelques secondes. Son sourire mutin s'est relevé vers ma clope qui grésillait dans le vide : « Je vais te raconter quelque chose. Quelques années après le Rwanda, alors que je travaillais à Bruxelles, j'ai subitement perdu la vue. Hop, comme ça ! » Elle riait. Sa mine, ses sourires, la vie qui émanait de cette femme, tout contredisait ses mots, les tragédies qu'elle racontait avec les mains, comme une Italienne, comme pour en contrôler la teneur, le pH morbide, le taux de vertige. Elle s'était rendue chez un ophtalmologue qui avait soumis ses yeux verts à toute une batterie de tests. Après des semaines de recherche vaine, le docteur lui avait simplement dit : « Vous n'avez rien aux yeux. Allez voir un psy. » Ce qu'elle avait fait sur-le-champ. Après avoir parlé de son enfance, de ses parents, la jeune Belge avait enfin mentionné son expérience au Rwanda. Le psy avait demandé si elle s'en était déjà ouverte à quelqu'un. « Non », avait-elle répondu. Évidemment, aussitôt, elle avait recouvré la vue.

Je suis Brad Pitt

Je suis Brad Pitt. En tout cas, toutes les femmes de cette boîte de nuit d'Abidjan me regardent comme si j'étais Brad Pitt. À la limite George Clooney. Je ne sais pas si c'est mon nouveau parfum, mais je n'ai jamais fait autant d'effet à autant de filles en même temps. Elles cillent comme des chattes devant une croquette. Elles sont toutes sublimes, des lianes aux jambes interminables, habillées très sexy. J'en vois une qui danse avec un vieil expatrié d'une soixantaine d'années. Elle doit avoir 30 ans. Elle me lance des regards de braise au-dessus de l'épaule de son cavalier sur la piste de danse éclairée par les flashes du stroboscope. Issah, mon fixeur, m'a traîné dans ce maki ouvert malgré la guerre. Il a commandé deux bières. Je n'avais pas envie d'y aller, mais maintenant que je suis le centre de toutes les attentions, je suis assez content de moi, je jouis du contentement idiot du vainqueur qui brandit sa coupe après la finale remportée. Je suis presque surpris que personne ne m'applaudisse. J'ai toujours préféré les regards des perdants, il se passe tellement plus de choses dans leurs yeux, des béances, du doute, le silence. La victoire rend con. La défaite ouvre des brèches fascinantes. Mais ce soir, je suis le con, je suis le gagnant, je suis Brad Pitt et toutes les femmes aux yeux de biche sont prêtes à tomber à mon cou d'imbécile.

Le fait que je sois le seul Blanc de moins de 65 ans dans la boîte de nuit doit peser dans la balance. Le fait que toutes ces filles soient souvent déjà mère d'un ou deux enfants et recherchent désespérément une âme sœur occidentale afin d'assurer une sécurité économique à leurs bambins doit jouer aussi un petit peu. Le fait que le pays soit déchiré par une guerre civile, qu'il n'y ait plus de boulot, que tout le monde, à un moment ou à un autre, se soit vu mourir dans les semaines précédentes, peut avoir une influence sur mon incroyable succès.

En moins de vingt minutes, trois filles m'ont demandé mon numéro de téléphone portable. Trois créatures sybaritiques qui ne m'auraient pas adressé la parole à Paris. Sur des bouts de papier, dans l'ambiance assourdissante et festive, j'ai griffonné le numéro d'Issah pour lui faire une blague potache. Demain, il recevra des dizaines de coups de fil. Issah, lui, ne comprend pas vraiment ma froideur. Sur la banquette rouge vermillon, il m'a demandé très sérieusement si j'étais homosexuel. J'ai ri et je lui ai répondu que ce soir, j'étais surtout un dollar assis sur une banquette. Il a ri aussi.

La fille qui danse avec le vieux type me lance des regards de plus en langoureux. Elle est belle. Lui ne ressemble à rien. Ou plutôt si, il ressemble à un expatrié de presque soixante-dix ans qui a décidé de ne plus jamais rentrer en France quand il a compris que l'Afrique lui offrait à peu de frais les apparences de la jeunesse éternelle, une fontaine de Jouvence à laquelle il vient s'abreuver tous les jours, toutes les nuits. Raymond, appelons-le Raymond, n'est pas un vieux porc. Raymond a tout juste 25 ans, ça va faire un demi-siècle qu'il a 25 ans, il en est certain, rien n'a changé au fond de lui, il se vit en jeune premier, il est un jeune premier, mais il était emprisonné dans sa vieille carcasse en Europe, alors qu'ici, il est lui-même, il n'est plus ce que les femmes françaises voient de lui, cette vieille peau au regard salace, ce pervers excité par la chair fraîche, il est ce qu'il pense être, ce qu'il est au fond, un jeune homme de 25 ans qui boit depuis quarante ans, s'amuse et danse avec une jolie femme dans une boîte de nuit ivoirienne malgré le couvre-feu et la guerre. Dans ses bras, Aminata, appelons-la Aminata, n'est pas une prostituée ivoirienne, elle n'est pas ce que les gens de passage imaginent. Aminata vient du quartier de Yopougon, détruit en grande partie par la guerre, elle a deux enfants de sept et cinq ans. Le père a disparu dans la nature depuis longtemps, elle vit de petits boulots, Aminata, elle essaie de joindre les deux bouts, sa famille l'aide, mais sa famille ne gagne pas grand-chose non plus, alors parfois, elle se maquille et elle sort ; parfois elle rencontre un homme pour un soir et les Blancs donnent plus d'argent, ils sont souvent plus âgés et plus attentionnés que les Ivoiriens ; et puis elle a rencontré Raymond, il est vieux mais il est drôle et très doux Raymond, et puis il l'a installée chez lui, loin des ruelles trouées de Yopougon, dans le quartier des Blancs. Ses enfants y ont chacun leur chambre.

Je finis ma bière dans le maki d'Abidjan. Le téléphone d'Issah commence à sonner. Le couple danse encore. La fille ne me regarde plus. Elle passe la main sur la nuque de son homme et sourit quand il lui susurre quelque chose à l'oreille. Ils tournent en cadence dans l'ambiance surchauffée et à cet instant précis, malgré la guerre dehors, malgré les histoires de fric, la différence d'âge, les intérêts bien compris, ils sont beaux, ils sont beaux comme l'amour, Aminata et Raymond.

Rire fou

Ça va péter. Issah vient de sortir de la voiture en criant. Au loin, on entend les tirs d'arme automatique. Le quartier de Yopougon est en grande partie détruit par les combats. Un pauvre bougre finit de se consumer dans un pneu. Il n'avait pas d'argent pour payer la balle qui aurait abrégé ses souffrances. Alors ses assassins l'ont glissé dans un pneu, l'ont arrosé d'essence et ont mis le feu.

La voiture d'Issah, ce n'est pas une voiture : c'est une Mercedes rutilante, modifiée avec délicatesse, petit aileron délicat à l'arrière, jantes alu, j'en passe, Issah s'en occupe comme un entomologiste de son plus précieux papillon. Le diamant noir sort de chez le garagiste. Avant d'arriver en Côte-d'Ivoire, Michael, un copain photographe qui avait travaillé avec Issah au plus fort du conflit, m'avait prévenu : « C'est le meilleur fixeur du monde; et puis tu verras, sa bagnole, c'est quelque chose. » En sortant de l'aéroport d'Abidjan, Issah m'avait accueilli avec une Mercedes... bleue. Une vulgaire Mercedes bleue qui n'avait rien de spécial. Je m'en étais étonné. « On a pris des rafales avec Michael, m'avait expliqué Issah. Il y avait des trous partout dans la carrosserie de ma Mercedes noire, elle est en réparation. »

Une semaine plus tard, nous avons récupéré le diamant noir et nous roulons dans le quartier de Yopougon autrefois animé et coloré, maintenant noirci, brûlé et désert. Il fume ce quartier, il fume comme ce type avec ses dreadlocks qui vient de sortir de son refuge un joint à la main et qui sourit à son pote Issah. Mon précieux fixeur qui connaît les codes des check-points tenus par les forces de Ouattara (il vient du Nord et il est musulman) et ceux des forces de Gbagbo (il a travaillé pour la Présidence), vient de garer son diamant noir dans les décombres pour saluer son pote aux dreadlocks. Le pilote de compétition a entrepris une marche arrière et on a entendu distinctement un « ploc » de mauvais augure. Issah s'est immobilisé en même temps que sa voiture. Paniqué, il a déplié son mètre quatre-vingt-quinze, a ouvert sa portière et s'est rué à l'arrière pour évaluer les dégâts. Je suis sorti à mon tour.

Issah se tient la tête entre les mains. Il vient de heurter un petit bloc de béton. Le cul du diamant noir a reçu un petit choc qui a enfoncé la carrosserie. C'est un minuscule pet de rien du tout, mais on ne voit que lui. « Merde, merde, merde », répète Issah tandis que l'ami aux dreadlocks tire une longue taffe sur son joint. Je suis debout à côté d'Issah. Je fixe le petit chtar sur la carrosserie. J'essaie de compatir au malheur d'Issah qui vient de claquer une bonne partie de son salaire de fixeur pour réparer son diamant noir. J'essaie de compatir, mais nom d'une pipe, ça va péter. Au loin, on entend la riflette des armes légères, il y a ce pauvre type en train de se consumer au bout de la rue, l'ami aux dreadlocks qui sourit dans le vide, Issah qui se tient la tête entre les mains, ce petit pet ridicule sur sa carrosserie et, tout autour de nous, ce paysage de fin du monde. J'essaie de me contrôler, de respecter le deuil d'Issah, mais c'est irrépressible, je suis épuisé nerveusement par ce reportage alors je commence à sourire, mais le sourire emballe la machine et bientôt ça pète. Je ris, je ris à m'en tordre le ventre de douleur, je ris à en pleurer, les abdominaux tendus par les spasmes. L'homme aux dreadlocks se marre aussi, pris par la contagion, et Issah nous regarde interloqué avant de comprendre lui aussi. Il se met à rire comme je ris et nous rions tous les trois dans ce désert fumant, nous pleurons de rire sans plus parvenir à prononcer un mot. C'est un fou rire. C'est un rire fou.

JOUR 7

LES ÎLES DU PÉLOPONNÈSE

Je l'entends frapper. Le vent cogne contre mes sabords, soulève des morceaux de mer et lave le ciel de ses poussières. Je réponds à son appel. Je sors. La voûte est criblée d'étoiles. Elle rutile presque autant que la Mercedes d'Issah. La Voie lactée est si blanche qu'on la voit plonger dans la mer, c'est un tourbillon. Par un effet de profondeur étrange, on devine que notre planète est en train d'orbiter à l'intérieur du bras d'une galaxie. Je n'avais pas vu pareil ciel depuis un reportage dans un observatoire astronomique au Chili, dans le désert de l'Atacama, mais aujourd'hui, il est difficile de rester dehors pour admirer le spectacle sans se casser la figure sous les bourrasques. La Méditerranée est traîtresse et sa colère soudaine. Les rafales à 45 nœuds bousculent le *MSC Cordoba* qui progresse plein nord en soulevant d'immenses gerbes d'eau.

La mer est un désert de dunes mouvantes et depuis ce matin, nous croisons des oasis ocre, râpées par les vents, les îles du Péloponnèse. Je sors d'une sieste de quatre heures, il est 22 h 30, j'ai donc manqué le coucher de soleil et le rayon vert. De toute façon, aujourd'hui encore, je n'ai pas vu de licorne, de feux de Saint-Elme et encore moins de baleine.

Je crois que je suis victime d'une forme de syndrome de Stockholm, mon sommeil est un puzzle disloqué et rangé en vrac dans sa boîte, je dors n'importe comment, à n'importe quelle heure, comme l'équipage, même si mes quarts ne se jouent que sur une passerelle intérieure.

L'équipage fatigue, il s'use, je le sens, je le vois aux cernes noirs sous les yeux, aux silences de plus en plus nombreux, de plus en plus longs lors des repas.

Ramis, le steward, ne sourit plus comme avant. Neil, le timonier, est un colosse éteint. Joseph, l'apprenti, a le teint diaphane. Tous traînent leur carcasse dans les coursives à la fin de leur service. Seul Ruben tient la forme et reprend ses marques. Après plusieurs mois loin de la mer, il retrouve des couleurs, s'oxygène, revit comme un poisson rejeté à l'eau. Le capitaine Angelo paraît, lui, inoxydable, mais ce n'est plus lui qui reçoit les ordres depuis longtemps. Et puis beaucoup de marins sont là uniquement pour l'argent. Angelo est là pour la mer et, s'il se réjouit d'y pêcher des pièces d'or et un statut social, ce n'est pas sa priorité. Il m'a expliqué que les traversées les plus éreintantes pour les équipages étaient celles du Pacifique, d'est en ouest. Chaque jour, les marins sautent à pieds joints sur un nouveau fuseau horaire et perdent une heure de sommeil. Au bout du voyage, en Asie, les corps ne suivent plus la cadence infernale et s'effondrent. « Il n'y a plus que des zombies au petit déjeuner. » J'ai pensé au fabuleux voyage de Magellan, parti de Séville le 10 août 1519 avec cinq navires, des caraques à la coque arrondie surmontée de deux châteaux, à l'avant et à l'arrière et un équipage cosmopolite, des Grecs, des Italiens, des Espagnols, des Portugais. Après avoir traversé l'Atlantique jusqu'à Santa Lucia, l'actuelle Rio de Janeiro, la flotte tente de trouver une voie pour contourner l'Amérique du Sud ; le passage découvert en Patagonie en octobre 1520 portera le nom du navigateur. La flotte prendra un mois pour traverser les fjords, entourée par les feux allumés sur les rives par les Amérindiens. La Terre de feu trouvait son nom sur les atlas. Magellan poursuivit son voyage à travers les eaux d'un océan si calme que le navigateur le baptisa « Pacifique ». Magellan mourra sept mois plus tard lors d'un combat dans l'archipel des Mariannes, fauché par une flèche empoisonnée le 27 avril 1521. Il devait être épuisé, lui aussi, par cette course contre le temps. Avec dix-neuf marins à son bord, une seule des cinq caraques reviendra en Espagne le 6 septembre 1522 : les premiers circumnavigateurs de l'Histoire.

Ce matin, avant que le vent ne se lève, j'ai longtemps discuté avec Maïté sur le balcon de la passerelle. Elle m'a raconté son aventure en Afrique à la fin des années

1980, la traversée du Sahara à bord de quatre Peugeot 504 avec ses amis. Ils avaient revendu les voitures à la fin de l'expédition, à Cotonou. La plupart des pays traversés par Maïté ne sont plus accessibles aux touristes aujourd'hui. Le monde change et Maïté a changé, elle aussi. Elle n'a plus trente ans. Elle m'a confié que l'âge venant, le physique n'a plus autant d'importance dans les rencontres amoureuses. C'est la somme des expériences amassées qui compte et il n'est pas plus aisé de juxtaposer deux vies bien remplies que de faire coïncider deux corps jeunes. Elle a regardé la mer et elle a dit : « On a l'impression que ça ne va jamais s'arrêter, que c'est infini », et je ne savais plus si elle parlait de la solitude ou du voyage. J'ai repensé au Raymond de la boîte de nuit d'Abidjan et à tous les autres Raymond du monde, tous ces hommes qui refusent de troquer l'élasticité d'un corps contre la richesse d'une expérience, comme si leur biologie, leur fécondité presque garantie de l'adolescence jusqu'au caveau, leur permettait de poursuivre un songe, de vivre dans le mirage de la jeunesse éternelle avant l'effondrement final, souvent rapide et brutal.

J'en étais là dans mes réflexions joyeuses et matinales quand j'ai vu un voilier glisser au bord d'une île. Je peux m'enorgueillir d'une longue expérience de navigation à la voile. J'ai failli me noyer deux fois avec mon père à bord d'un dériveur, j'ai fait la traversée Corse-continent au moteur, voiles affalées, et je suis arrivé dans les mille premiers du Vendée Globe Challenge virtuel, le nez rivé sur mon ordinateur portable, sans quitter Paris. Pendant trois mois, je m'étais réveillé toutes les nuits pour changer mes voiles d'un clic de souris et si je n'aime pas trop évoquer mon expérience au large des Kerguelen (je m'y suis échoué la nuit du jour de l'an avec un verre dans le nez), je suis assez fier de ma remontée spectaculaire le long des côtes de l'Amérique du Sud, après le passage du cap Horn.

La voile exige le calcul, l'attention permanente, c'est une ascèse. Le voyage en cargo demande juste un coin pour s'asseoir. En fin d'après-midi, j'ai retrouvé ma place favorite à la proue et j'ai regardé les paquets de mer exploser sur l'étrave sous les lueurs d'un arc-en-ciel vissé à la coque. J'écoutais « Fast Line » des Bad Meets Evil et « Time to Dance » des Shoes. J'avais besoin de fureur. Des geysers d'eau salée fusaient vers le ciel et la ligne de vagues formées sur notre sillage venait heurter les lames levées en face par le vent violent, le choc créait des tourbillons énormes, un gigantesque bouillonnement de marmite, on aurait dit que la mer entrait en guerre contre elle-même. Trempé, accroché aux barrières de sécurité, j'aimais cette violence, cette sauvagerie qui m'aurait noyé en un instant. Et puis j'ai pensé aux vagues scélérates, ces monstres de trente mètres de haut qui surgissent au large de l'Afrique du Sud et j'étais content d'être simplement en Méditerranée, à jouer dans l'écume d'une tempête de poche.

Demain, nous atteindrons Gebze, en Turquie, notre port d'escale avant Istanbul. Je verrai peut-être enfin Angelo en uniforme si un pilote du port monte à bord. J'ai du mal à accepter que le voyage s'achève. Je me suis attaché à ce cargo comme un bigorneau à son rocher. Je n'ai pas envie de quitter cette solitude bleue et l'idée de m'endormir dans un lit qui ne vibre pas me paraît effrayante. Je voudrais faire durer ce plaisir tout neuf comme un gamin cramponné à la nacelle de son manège. Tout est possible en dedans, alors je ferme les yeux et je détourne en pensées le *MSC Cordoba* vers le sud de la Méditerranée, vers l'Égypte et le canal de Suez. Voilà, nous croisons déjà au large d'Alexandrie, bientôt le Sinaï, la mer Rouge. En chemin, entre les vagues, retentit l'écho d'une révolution. Quatre ans après l'explosion, des images floues dansent sous mes paupières closes. Des révolutionnaires tombent entre des chars couleur sable, des dromadaires montés par des hommes armés d'épées chargent une barricade, je ferme les yeux plus fort, un soldat désemparé me regarde tandis qu'une foule en colère me court après. J'ouvre les yeux. Et je vois distinctement, à travers mon sabord, flotter une jeune femme maquillée qui se tient debout dans une tempête de pierres.

« *Ça commence* »

Les blessés affluent par dizaines, tous touchés à la tête et portés à bout de bras par leurs camarades révolutionnaires. Certains sont morts. Une quinzaine de personnes périront avant la fin de la journée. J'ai peur. J'ai perdu de vue la photographe qui travaille avec moi. Les blessés sont tous emmenés dans la mosquée qui jouxte la place Tahrir, dont toutes les entrées sont bloquées par des barricades et les chars de l'armée. Accroupis sur les trottoirs, des hommes et des femmes s'affairent à fournir des munitions à la première ligne de défense essentiellement constituée de supporters de clubs de football et de Frères musulmans. Les durs parmi les durs. À coups de piolet, ils dépavent le sol, cassent des morceaux de marbre blanc et les pierres passent de main en main jusqu'à la barricade élevée près du musée historique du Caire où les combats font rage. De loin, on dirait qu'une pluie de confettis s'abat sur la barricade. En s'approchant, on distingue mieux les projectiles lancés avec des frondes et à la main par les contre-manifestants, les pro-Moubarak, massés de l'autre côté, non loin de l'hôtel Ramsès où de nombreux journalistes ont été agressés malgré la présence des tanks de l'armée égyptienne censée faire office de tampon, mais qui ne réagit pas. J'ai peur, mais ce n'est pas tous les jours qu'on voit l'Histoire s'accomplir sous ses yeux, alors je m'approche en protégeant ma tête avec un bras levé.

En première ligne, les manifestants se couvrent le crâne avec des chiffons, des chèches, des casseroles, des couvercles de poubelles, armures de fortune, boucliers symboliques et dérisoires ; quand les pierres s'abattent, elles brisent les crânes et font voler les chiffons dans des gerbes de sang.

Du sang, il y en a partout, sur les trottoirs, sur l'asphalte défoncé qui sert de munition. Au milieu de la place, où les jeunes manifestants de la classe moyenne égyptienne, la fameuse génération Facebook qui a organisé les premières manifestations, ont dressé des tentes, c'est la panique. La révolution pacifique sombre dans la violence.

Soudain, sur la gauche, une rumeur gronde. Les pro-Moubarak sont en train de charger à cheval et à dos de dromadaire. Les mêmes dromadaires et les mêmes chevaux servaient jusque-là à trimbaler les touristes près des pyramides de Gizeh. Il n'y a plus de touristes et les marchands du souk sont en colère.

Immense mouvement de foule, les pierres volent tout autour, un gamin de 12 ou 13 ans est touché de plein fouet devant moi, il s'effondre, perd connaissance. Tandis que son père se met à hurler, des hommes se ruent sur l'enfant et le transportent au loin vers la mosquée.

Les mouvements de foule sont commandés par une force invisible, comme l'océan. Flux et reflux. Je suis bien incapable de deviner qui est en train de prendre le dessus. C'est une mêlée indescriptible, les hommes combattent maintenant à mains nues, à coups de bâton, ils s'agrippent aux chevaux effrayés, font s'écrouler les dromadaires pour tabasser ceux qui les montent. Je me retourne vers Esma, jolie brindille révolutionnaire toujours maquillée, apprêtée comme si elle sortait en soirée. Elle est l'un des leaders de la révolution, elle a poursuivi ses études aux États-Unis, parle un anglais sans accent et rêve d'instaurer dans son pays la démocratie qu'elle a connue en Occident. Le droit de dire ce qu'on pense. Le droit de penser. Elle n'a pas l'air du tout paniqué. Elle a juste les larmes aux yeux et son téléphone est collé à son oreille. Elle se bouche l'autre oreille avec sa main libre pour couvrir les cris de la mêlée, essaie d'obtenir des informations et d'en donner. À cet instant, il est impossible de savoir ce qu'il se passe vraiment sur la place Ṭahrir, mais un rapide coup d'œil permet de comprendre que la plupart des manifestants reculent en désordre.

La trouée opérée par les pro-Moubarak semble décisive. Le bel élan pour la liberté qui unissait les milliers de révolutionnaires s'ébrèche en direct, chacun commence à penser à sa propre sécurité, à celle de ses proches, amis, cousins, enfants, parents, chacun fuit. Esma, elle, ne bouge pas, debout au cœur de la place Tahrir, Marianne égyptienne, impuissante devant la violence qui se déchaîne, triste mais stoïque. Je l'ai interviewée la veille, je lui fais signe, elle me reconnaît dans la cohue. Je ne sais pas quoi lui dire. Je lui demande si c'est la fin de la révolution. Elle plante ses yeux de jais comme deux javelots noirs dans les miens : « Pas du tout. Ça commence ! »

Je suis stupéfait par sa réponse. J'ai peur de prendre une pierre sur la tête. J'ai peur tout simplement. Pourtant, je sais très bien qu'a priori, dans une semaine, je serai au chaud à Paris, dans mon appartement et dans un pays en paix où j'ai le droit de me moquer de mon président publiquement. Et cette jeune femme, elle, ne bronche pas. Elle ne joue pas la comédie du courage. Elle n'est pas accrochée à une barrière de sécurité à la proue d'un cargo. Elle joue sa vie. Elle ne triche pas. Elle ne flanche pas. Son courage physique à cet instant irradie la place et brûle mes yeux. Près d'elle, dans la bouche du métro fermé de la place Tahrir, des hommes en civil aux visages tuméfiés sont parqués. Quelqu'un brandit leur carte d'identité en hurlant : « Ce sont tous des sales flics ! » Les coups redoublent. Esma crie pour stopper la rage de ses condisciples. On apprendra que les pro-Moubarak sont pour la plupart d'entre eux des policiers ou des quidams venus de toute l'Égypte et payés par le pouvoir pour venir assiéger Tahrir. Des dizaines de bus ont été affrétés pour organiser la castagne. On a dit aux pauvres types que les gens de la place Tahrir étaient noyautés par la CIA et le Mossad. Plus tard, je traverserai une barricade pour aller à leur rencontre. Je tomberai sur une vingtaine de gaillards patibulaires qui hésiteront à me cogner, mais qui préféreront posément m'expliquer que ce désordre est organisé par Israël. Ce jour-là, des dizaines de journalistes ont été attaqués par des foules en colère, certains seront blessés à coups de hache, d'autres assassinés par des tireurs d'élite, d'autres enlevés. Je serai l'un des seuls à m'en tirer sans une égratignure. Le cul bordé de nouilles.

Soudain, un reflux imprévisible change la face du combat. Venus de toute la place, des révolutionnaires courent prêter main-forte aux manifestants qui se battent au corps à corps contre les pro-Moubarak. Tout va très vite. Le rapport de force s'inverse, les pro-Moubarak refluent dans le désordre et la panique derrière les barricades qu'ils avaient traversées, poursuivis par des révolutionnaires galvanisés. Beaucoup sont faits prisonniers. C'est la fin de l'assaut. Pour cette fois, la révolution a gagné. Imperturbable, Esma s'allume une cigarette, le regard un peu vague. Elle a peut-être déjà compris que Moubarak chutera. Elle ne peut pas imaginer comment la révolution va leur échapper à tous.

L'arrestation

L'officier égyptien malingre tripote mon téléphone portable. Il vérifie que je n'ai pas menti. Je lui ai affirmé que je n'avais pris aucune photo sur la place Tahrir. J'ai menti et j'attends, résigné, la sanction. De son côté, Rachida ment aussi comme une arracheuse de dents en expliquant en arabe à un militaire ventru que nous ne sommes pas des journalistes mais des étudiants.

Avec Rachida, on s'est fait surprendre comme de la bleusaille. Deux jours après les combats, la place Tahrir rayonne. Enivrés par l'ambiance bon enfant au cœur de la place, par les chants, les slogans, on en est sortis le cœur joyeux et deux drapeaux signés par les révolutionnaires dans nos poches : « Casse-toi, pauvre con », en arabe, à destination du président Moubarak, un simple souvenir de reportage et un attrape-poussière de plus dans nos appartements parisiens.

On avait simplement oublié que la place Tahrir n'était pas l'Égypte. Passé trois rues, des commerçants nous ont pris à partie puis des gros bras sont arrivés et nous ont confisqué nos passeports. Ils nous ont forcés à les suivre dans un dédale de ruelles jusqu'à ce poste militaire isolé où attendaient un char de l'armée, une dizaine de soldats désœuvrés et deux officiers aussi moustachus l'un que l'autre, mais l'un, tout efflanqué, et l'autre, tout grassouillet. La foule menaçante qui nous a emmenés ici est bloquée derrière des barrières, nous sommes aux mains des militaires.

Le rondouillard a immédiatement repéré nos drapeaux, il les a déroulés et, sous sa moustache broussailleuse, a fait une mine de dégoût : « Vous insultez l'Égypte, vous pouvez aller en prison pour ça. »

Je ne parle pas arabe. Rachida endosse pour nous deux la robe de l'avocat. Elle plaide la naïveté, la jeunesse, l'insouciance, nous sommes deux étudiants un peu perdus dans ce capharnaüm et nous n'avons pas osé refuser les drapeaux quand les révolutionnaires nous les ont offerts. Tout sonne faux. Rachida peut encore faire illusion, mais moi, je ressemble autant à un étudiant qu'un archevêque en robe à un GO du Club Med.

L'officier malingre tapote sur mon vieux Nokia de travail. J'ai bien fait de ne pas prendre avec moi mon smartphone, il serait tombé immédiatement sur les photos. Le temps qu'il les trouve, je peux commencer à ficeler des stratégies de sortie de crise. Oui, officier, j'ai filmé un gamin de huit ans en train d'insulter gaiement Moubarak en chanson et repris par une foule de milliers de manifestants, mais avouez qu'il n'y a pas de quoi casser cinq pattes à un mouton, toutes les télévisions du monde ont filmé la même scène, à l'heure où je vous parle, elles tournent en boucle sur CNN, sur Al-Jazira, partout, avec une bien meilleure définition en plus, car voyez-vous, ce téléphone prend vraiment des images de mauvaise qualité. Tout en réfléchissant, je me dis que c'est sans doute une bonne chose que je ne parle pas l'arabe. Pendant que mon soldat lutte contre la technologie finlandaise, Rachida poursuit devant son collègue sa danse des sept voiles universitaires, elle cille au ciel, surjoue la panique ; au vrai, elle risque de perdre son visa et sa frayeur n'est peut-être pas tout à fait injustifiée. Rachida est en effet journaliste, mais elle s'est mise en disponibilité pour un an, le temps d'apprendre l'arabe au Caire. Les événements l'ont rattrapée et elle a revêtu sa tenue de journaliste.

L'officier tapote encore sur mon téléphone. J'ai l'impression de me voir devant les huit télécommandes du salon de mon beau-père, incapable d'allumer ce fichu écran Blu-ray qui ne répond qu'à son maître. Cela fait maintenant deux heures que nous sommes retenus par les militaires. Rachida sécrète encore beaucoup de salive et je sens que l'officier qui lui fait face commence à baisser la garde, ses moustaches tombent un peu plus que tout à l'heure, je ne crois pas qu'il soit vraiment de taille pour affronter Rachida qui, à cet instant, représente à elle toute seule la force de caractère des femmes algériennes élevées en Auvergne. La volubilité naturelle contenue pendant des années passées entre les volcans éteints explose en feux d'artifice de mots.

L'avant-veille, beaucoup de journalistes ont été arrêtés, mis au frais pour vingt-quatre ou quarante-huit heures. Certains ont subi des simulacres d'exécution, mais personne n'a été vraiment exécuté à ma connaissance. Je suis relativement confiant. Au pire, c'est la prison et l'occasion de raconter comment l'armée égyptienne se comporte avec les journalistes.

La nuit tombe sur Le Caire. Je demande l'autorisation de m'allumer une cigarette. Accordée. Quelque chose d'étrange flotte dans l'air, quelque chose cloche dans cette scène qui s'étire. Je trouve que l'homme qui cherche mes photos n'y met pas beaucoup de conviction. Quant à l'autre militaire, il se montre bien patient devant l'avocate Rachida dont le flot ininterrompu de paroles commence moi-même à m'épuiser. Et soudain, je comprends. Je comprends que ces militaires simulent notre arrestation pour apaiser la foule en colère, bloquée derrière les barrières et qui, lassée d'attendre, commence à se disperser. Je comprends que ces militaires nous protègent. Je finis ma cigarette. Dans la foulée, épuisé, l'officier me rend mon téléphone portable sans avoir repéré les photos et les films qui s'y trouvent, sans avoir vraiment cherché. Rachida, elle aussi, a gagné, même si la victoire était acquise depuis le début. Moustaches en berne, son militaire vient de lui rendre nos passeports. Pour notre sécurité, il est décidé qu'une voiture militaire nous déposera devant notre appartement. Il n'y a plus de police dans les rues du Caire depuis une semaine et Moubarak a libéré les prisonniers de droit commun en espérant déclencher le chaos. Mais les habitants se sont organisés et se protègent eux-mêmes. Des check-points constellent la ville à chaque intersection, gardés par des hommes armés de sabres, de machettes, de battes de base-ball. Nous acceptons le taxi militaire.

Juste avant d'entrer dans la voiture, l'officier vaincu par mon téléphone me lance un regard bienveillant.

— T'es journaliste, hein ?

— Oui.

Je réponds sans réfléchir. Mais je crois reconnaître dans les yeux du militaire les lueurs de la fatigue et de la fraternité, je crois comprendre qu'il est aussi piégé que moi dans son uniforme couleur sable et qu'il essaie de faire son boulot du mieux qu'il peut. Dans une autre situation, nous aurions tout aussi bien pu fumer une chicha ensemble en bord de mer Rouge.

La partie de poker menteur qui se jouait depuis deux heures est terminée. Il sourit comme un père devant un gamin qui vient d'avouer sa faute et me dit ces mots simples, qu'on se dit si souvent avant de partir, aspirés par l'appel du grand large et qui m'ont cette fois-là secoué un peu plus que prévu :

— Prends soin de toi.

Riad, agent secret

Trois mouettes entortillaient leur trajectoire pour dessiner une figure invisible au-dessus du port de Marseille. J'ai rencontré Riad en 2011, quelques semaines après la révolution place Tahrir. Il était serveur dans un snack, il avait lâché son tablier et la plonge pour venir discuter avec moi sur la terrasse du bar de l'OM. Sa petite fille dévorait une glace à la vanille, le vent soufflait, c'était le printemps, le printemps arabe, le printemps tout court. Riad avait 42 ans. Sourire blanc Javel. Pull bleu nuit. Yeux de jais. Il était grand. Il était beau. Beau comme un agent secret. En l'occurrence, Riad était vraiment un agent secret. Dans une autre vie. On se rencontrait pour ça. Pour parler de ses fantômes.

Riad aurait pu être le militaire à l'uniforme couleur sable qui m'a arrêté à la sortie de la place Tahrir, mais le hasard l'a fait naître et grandir en Tunisie. Très bon élève, il a passé les concours de l'école de police en 1995. Il en est sorti avec un excellent classement, dans les dix premiers. Des mains du directeur de l'école, il a reçu une lettre confidentielle qu'il a décachetée avec émotion. Il y a découvert son affectation. Les services secrets. Sa mission : protéger les intérêts du pays en filant les étrangers de passage en Tunisie. Qualités requises : avoir de bons yeux, savoir observer, écouter, percevoir, consigner. La principale qualité d'un agent secret, Riad? « La mémoire. » À la terrasse du port de Marseille, il m'a dit avoir pisté plusieurs fois Robert Ménard, l'ancien patron de RSF (Reporters sans frontières), aujourd'hui maire de Béziers. « À chacune de ses venues, il faisait un scandale à l'aéroport pour une raison ou pour une autre », a dit Riad en rigolant. Le métier d'agent secret plaît au jeune homme, flatte son ego. Il se prend pour James Bond. « J'étais fier, c'était si difficile d'entrer dans le service. »

Les souvenirs émergent souvent de l'oubli quand on est enfin en mesure de les interpréter, de leur donner un sens. « Je me rappelle une scène au tout début de ma carrière. Avec mes collègues, nous avons été réunis dans une salle. Un gradé nous a alors demandé si nous avions des connaissances à l'étranger. Amis. Famille. » La sœur de Riad vit à Marseille. Il hésite. Renifle l'entourloupe. Ne dit rien. Bien joué, Riad. « Ceux qui ont avoué connaître quelqu'un à l'étranger ont été exclus du service. » Pendant ces années, Riad mène une vie « stricte, sans éclat ». Il apprend à passer inaperçu, à se fondre dans les murs, les foules. Se soustraire aux conversations intimes, en famille ou avec ses amis. Garder ses distances. Disparaître un peu, beaucoup, passionnément. « Je menais littéralement une double vie. Quand je sortais du boulot, j'avais l'impression de sortir d'un film. » La vie de Riad, le bel agent secret aux yeux de jais, aurait pu perdurer longtemps ainsi. Heureusement, les femmes savent perturber les trajectoires rectilignes. Un mardi, son service apprend qu'il a une liaison avec une jolie fille dont la mère est une avocate marocaine. Une étrangère. C'est une faute grave. Il est convoqué. « J'ai immédiatement été viré du service. »

Le voilà reversé aux Renseignements généraux. « J'étais redevenu comme tous les flics. » Subrepticement, un glissement s'opère dans sa carrière et dans sa conscience. Jusque-là, Riad avait l'impression de travailler pour son pays. Pour la première fois, il a le sentiment de suer pour le régime, pour le pouvoir de Ben Ali. Plus pour la Tunisie. « Je ne filais plus les étrangers mais les Tunisiens. » Riad prend en filature les opposants au régime, les célèbres journalistes Taoufik Ben Brik et Sihem Bensedrine, l'avocate Radhia Nasraoui.

Son travail ? Harceler. Surveiller. Pourrir la vie des opposants. Tout savoir sur eux. Ne jamais les lâcher. On exige de lui l'entêtement de la teigne, mais une révolution intérieure rampe tout au fond de Riad.

Les prémices d'un printemps. Il met du temps à comprendre, à poser les mots sur ce qui est en train de rompre en lui. « Impressionné. » Oui, c'est ça, il est « impressionné » par le courage des gens qu'on lui demande de filer. « D'où pouvaient-ils tirer une telle force ? » « Comment parvenaient-ils à continuer à emmerder le pouvoir alors qu'on ne les lâchait jamais, vingt-quatre heures sur vingt-quatre ? » Riad poursuit des gens qu'il commence à admirer malgré lui. « Je les sentais plus forts que moi, plus courageux que moi, le super agent secret. » Lui aussi vit une forme de syndrome de Stockholm, mais inversé, appelons-le le syndrome de Tunis. « Cela résonnait en moi comme un défi. » Il raconte l'expression concrète du harcèlement, les bureaux d'Untel saccagés, les bastonnades, la pression psychologique permanente. « Sihem Bensedrine, je la surveillais tout le temps. On réquisitionnait un café en face de chez elle pour en faire un poste d'observation. » Il y passe ses nuits. Il commence à se moquer de lui-même, de ses missions absurdes. Quand on a du temps, on se met à réfléchir. Quiconque aura voyagé en cargo comprendra. « D'où venaient les ordres que je recevais ? De Dieu ? Ce président Ben Ali voulait-il vraiment le bien des Tunisiens ? » Parallèlement, Riad part régulièrement en vacances à Marseille chez sa sœur. Il regarde avec l'œil acéré du touriste les monuments invisibles de la liberté, ceux que les autochtones ne remarquent plus.

Ceux que nous ne voyons plus. « Ici, à Marseille, on ne harcèle pas les gens. On ne les met pas en prison à la fin des manifestations. » « Je me disais, mais pourquoi ce n'est pas comme à Marseille, en Tunisie ? »

Sur la terrasse du bar de l'OM, un homme de 42 ans, ancien agent secret, parlait comme un enfant de dix ans. Je me souviens de cette impression étrange. La candeur d'un homme mûr né à la liberté après la trentaine et qui n'en revient pas. « Peu à peu, j'ai compris que ce que je faisais était complètement faux, contraire à ce que je ressentais. Alors je suis devenu un rebelle. Un rebelle dans le système. »

Cela s'est passé pendant une nuit. À cette époque, Karim Bouebdelli, directeur de l'Institut Pasteur de Tunis, est visé par le pouvoir. Son école attire les meilleurs étudiants du pays. Au même moment, Leila Ali, la femme de Ben Ali, a construit un projet concurrent, l'« école privée de Carthage ». Jalouse, elle déclenche ses foudres. « Elle harcelait même les parents d'élèves pour qu'ils ne s'inscrivent pas à l'Institut Pasteur, mais à l'école de Carthage. » Tout est fait pour couler Bouebdelli. Mise sur écoute. Menaces. Guérilla administrative. Il faut le faire craquer. Les actions entreprises ne sont jamais impressionnantes. Ce n'est pas la guerre, ce n'est pas le fer. C'est le poison. Du poison lent, insidieux, distillé par des fléchettes minuscules tirées par des sarbacanes invisibles. Les bâtiments de son école ne sont soudainement plus aux normes architecturales.

On l'oblige donc à entreprendre des travaux délirants dans des délais impossibles à tenir. Il s'exécute. Mais les travaux font du bruit. Il y a désormais un problème de tapage nocturne dont il doit rendre compte… *Ad nauseam*… Une nuit, Riad reçoit l'ordre d'aller réveiller en force Bouebdelli chez lui à 4 heures du matin. Menace, pression psychologique encore. Riad, bras armé d'un pouvoir despotique, arbitraire, fulmine. Quelle est la limite ? Où se situe le bord d'un homme ? Par quels extraordinaires zigzags intérieurs décide-t-on un jour de ne plus subir ? Avant même qu'il soit prononcé à haute voix ou pour soi-même, comment se dessine dans un crâne le premier NON ?

Riad refuse. Riad refuse pour la première fois. Un refus leste, léger, dissimulé (il se fait porter pâle), mais un refus quand même. Ce n'est qu'une première explosion. Dorénavant, Riad décide de pirater les ordres, de faire croire qu'il les applique. Résistance passive. Attentat à la flemme. Il fait sauter des trains administratifs. Il se croit le plus malin. Le plus fort. « Je me moquais d'eux et j'étais heureux ! J'étais un flic rebelle ! » Mais un jour, sa sœur avocate se voit refuser un renouvellement de passeport. Elle lui demande de se renseigner. Il se rend au ministère. Un collègue le reçoit. On peut imaginer le rond-de-cuir émergeant de la poussière des procès-verbaux face à l'expert en harcèlement défroqué. Le collègue disparaît dans les abysses des dossiers et réapparaît le croc luisant avec une feuille prise dans ses doigts potelés. Sa bouche articule : « Votre sœur a signé une pétition contre le pouvoir en 1989. » La sœur était étudiante à l'époque. Vingt ans plus tôt. Riad demande à rencontrer le chef du service. Un dialogue s'engage que Riad relate tandis qu'une bourrasque secoue les gréements du port de Marseille.

— Raisonnez votre sœur, il faut qu'elle s'engage dans le combat avec nous.

— Quel combat ?

— Vous le savez mieux que moi. Votre sœur est avocate. Si elle travaille du bon côté, on lui redonnera des clients.

— …

À l'époque, quand la police tunisienne reçoit des plaintes dans un commissariat, elle donne aux victimes les adresses des avocats pro-Ben Ali. Ceux-ci font fortune. Les flics reçoivent une commission en échange. Les avocats « contre le pouvoir » ou jugés comme tels tirent le diable par la queue. Riad signe un papier selon lequel il s'engage à raisonner sa sœur et à la réconcilier avec le régime. C'est un accord de façade. Pour la première fois, il comprend que le régime s'est retourné contre sa famille. Contre lui-même. C'est la fin. En février 2006, Riad quitte son travail, sa famille, ses amis, son pays.

Il part en « vacances » à Marseille. Il ne prévient personne, pas même ses parents. C'est un aller simple.

« Je sacrifiais douze ans de carrière et je partais vers le néant. » En Tunisie, il est considéré comme un déserteur, un traître. Il est fiché administrativement. Cela signifie que si le pouvoir lui met le grappin dessus, il peut disparaître dans les geôles de Ben Ali, sans passer par le juge. Après son départ, sa famille à Tunis est harcelée tous les jours par la police des polices. Épaulé par sa sœur qui tient désormais un restaurant, Riad, l'ancien agent secret, devient plongeur, cuisinier, barman, spécialiste des tajines. Il tombe amoureux, refait sa vie, se marie avec une Française. « Ce n'était pas un mariage blanc, c'est la chance, on est vraiment tombé amoureux. » « D'ailleurs vous voyez », a-t-il dit en regardant sa fille qui croquait studieusement son cornet de glace. Quand il a appris la chute de Ben Ali, Riad a déserté son snack comme il avait déserté la Tunisie. Il est parti avec sa voiture déjà décorée de drapeaux pour faire la fête et klaxonner sa joie. Il est revenu à Tunis fin janvier 2011. Il a retrouvé ses parents qu'il ne pensait plus voir vivants. « J'ai pleuré assez de larmes pour faire déborder la Méditerranée. » À la douane de Tunis, un gradé l'a pris à l'écart. Il a eu très peur. Mais l'officier lui a simplement servi un café et lui a proposé de redevenir policier. « J'ai refusé. » « Je ne veux plus, ma vie est ici maintenant, même si on ne devient pas Marseillais facilement. » On trouve de drôles d'histoires dans les snacks de Marseille.

JOUR 8

LES DARDANELLES ET GEBZE

Je me suis fait secouer toute la nuit par une mer renflée qui débordait sur le ciel, et puis le vent s'est radouci et je me suis enfin endormi. Coup de fil de la passerelle à 5 h 30. « Tu devrais venir voir. » C'était Ruben, sur les conseils de Maïté, tombée du lit. Après trois heures de sommeil, je suis monté dans la salle de commande comme on grimpe à l'échafaud, en traînant le pas, l'œil éteint, la bouche sèche. En arrivant, je n'ai pas immédiatement remarqué le changement. J'ai dû froncer un peu les sourcils pour faire le point. Derrière les immenses pare-brise de la passerelle, on ne distinguait plus de ligne d'horizon, plus de bleu à perte de vue, mais des rivages, des collines plantées de forêts. Cela faisait huit jours que nous n'avions pas vu un arbre. Le *MSC Cordoba* s'engageait dans un défilé étroit. On apercevait même, au loin, de minuscules insectes lumineux qui serpentaient sur les flancs des collines : des voitures. Et juste à côté, les toits noirs de maisons et des éoliennes dont on voyait distinctement tournoyer les pales blanches. Le retour à la civilisation. Les lueurs de l'aube inondaient déjà ce paysage, mais le soleil n'était pas encore levé. Nous venions de quitter la mer Égée. Je me suis rapproché des marins, plus nombreux qu'à l'accoutumée dans la passerelle. Nouveau choc : Angelo portait sa chemise blanche d'uniforme de capitaine. J'allais m'évanouir quand j'ai entendu une voix inconnue : le capitaine Selçuk, pilote turc monté à bord pour guider le *MSC Cordoba* dans le couloir des Dardanelles, était aux commandes. Il donnait des instructions à Neil, le timonier, qui, en les répétant à haute voix, les exécutait sur-le-champ et le cargo de 275 mètres de long se faufilait dans les méandres, tandis que le capitaine, dépossédé pour quelques heures de son navire, patientait. « C'est comme conduire une BMW », s'amusait Neil, les mains cramponnées sur une minuscule barre grise, plus proche du parcmètre des années 1980 que de la barre ronde des temps anciens.

Le capitaine Selçuk se tient très droit et porte sur le monde de grands yeux vert d'eau équipés de longs cils de fille. Il a 55 ans, des cheveux poivre et sel, un ton docte et une envie de transmettre manifeste qui lui confèrent un charisme professoral. Un faux air de Robin Williams dans *Le Cercle des poètes disparus*. En cinq minutes, il nous a donné un petit cours d'histoire sur la bataille des Dardanelles et la ville de Çanakkale qui étendait sa façade maritime devant nous. « La bataille s'est déroulée du 25 avril 1915 au 9 janvier 1916, elle a fait un demi-million de victimes. Beaucoup de navires ont été coulés ici. » Il a désigné de la main le rivage à tribord. Nous étions tous des écoliers attentifs, même le capitaine Angelo dans son uniforme.

Selçuk a été capitaine pendant une vingtaine d'années et puis il s'est interrogé sur la meilleure manière de voir enfin ses enfants grandir. « À vingt ans, on fait un peu n'importe quoi. À trente, on a des enfants, on commence à réfléchir. À quarante, on change. » Angelo écoutait sans rien dire. Selçuk a l'œil gauche qui cligne toutes les trente secondes, mais ce tic est si lent qu'il paraît contrôlé et on a l'impression qu'il fait simplement des clins d'œil complices à ses interlocuteurs pour rythmer son récit. « Soit je devenais intendant et je troquais ma vie de marin pour une vie de bureau. Soit je devenais pilote. J'ai choisi de garder un contact avec la mer, j'ai besoin du silence des bateaux. »

À l'horizon, une boule rouge, puis rose, orangée, jaune et enfin blanche est apparue en face de nous. « Baissez les pare-soleil, s'il vous plaît. » Tout en parlant de tout et de rien, Selçuk continuait à dicter des commandements précis à Neil. Très vite, il a semblé deviner la complicité qui nous liait, Maïté et moi, à l'équipage du *MSC Cordoba*. « Vous avez de la chance de naviguer sur ce bateau. Parfois, l'équipage n'adresse pas la parole aux passagers et vous êtes comme un fantôme à bord. » Il a souri. Son œil a cligné. Un méandre en coude surplombé d'une colline verdoyante est apparu en face de nous. Nous foncions dessus et nous allions probablement bientôt percuter le rivage tandis que Selçuk parlait des poteries célèbres et du château de la ville de Çanakkale. Et puis, au moment où on ne l'espérait plus, le pilote turc a donné trois ordres consécutifs et le cargo a changé de cap lentement, évitant la grève avec élégance, comme un skieur de haut niveau s'arrête à un millimètre du ravin et sourit pour la photo.

Selçuk pourrait garer un navire d'un kilomètre de long les yeux fermés dans son détroit. D'autorité, il est allé se chercher un café et, en passant, a posé un doigt sur une carte marine pour nous montrer exactement où nous nous situions. Il a tonné : « Ces cartes vont disparaître l'année prochaine, remplacées par l'électronique. Comment feront-ils quand les ordinateurs seront hors service ? » J'ai regardé Angelo qui acquiesçait en silence, engoncé dans son uniforme, probablement pressé que le spectacle s'achève.

Trois fois par jour, Selçuk aide les navires commerciaux à traverser les Dardanelles. Il connaît le secteur comme sa poche, les courants, les hauts-fonds, les dangers, chaque coude, chaque piège. Juste avant que le *MSC Cordoba* entre en mer de Marmara, il a donné les dernières recommandations à Angelo pour la suite du voyage puis s'est envolé comme il est apparu, dans un invisible nuage d'énergie, d'autorité et de charisme naturel. Du haut de la passerelle extérieure, je l'ai vu descendre l'échelle de coupée à toute berzingue, sous les rafales de vent à 30 nœuds, puis sauter comme un ressort sur le petit bateau-pilote qui gîtait dans les vagues, collé contre le ventre du cargo. Selçuk contrôle tout, sauf son œil gauche.

Je suis en train d'écrire dans ma cabine le soir du huitième jour de mer. Je suis épuisé. Aujourd'hui, je n'ai même pas cherché à voir ma baleine et mon rayon vert. Ma banquette ne hoquette pas. Rien ne vibre. Le cœur du *MSC Cordoba* a cessé de battre. Il est à quai dans le port de Gebze et cette immobilité est un déchirement. Je me sens orphelin. Au port, des vraquiers débarquent leur cargaison de déchets métalliques dans des nuages de rouille. Je ne descendrai pas du cargo, mais j'ai déjà le mal de terre, je ressens des vibrations imaginaires. Les dockers turcs sont en train de décharger des dizaines de conteneurs et d'en charger d'autres, comme à Anvers. Je dis adieu à mes conteneurs préférés, GLDU 768091 et DRYU 907212 en écoutant « Dream a Little Dream of Me » des Mamas and the Papas et « Sittin' on the Dock of the Bay » d'Otis Redding. Demain soir, nous rallierons Istanbul près du passage du Bosphore, sur la ligne liquide qui sépare l'Occident de l'Orient, et le voyage sera fini. Je me lève de ma banquette, je regarde le paysage par le sabord. Un bras de mer s'enfonce dans les terres, les goélands volent contre le vent entre les treuils gigantesques, le panorama s'étend à des kilomètres, illuminé par le liseré des lumières des villes côtières. Voilà une semaine, cette vue m'aurait coupé le souffle. Ce soir, je la trouve étroite, chétive, pingre, je suis en manque de bleu, en manque d'air, d'horizon infini, d'absolu.

Ramis a toqué à ma porte pour me donner un paquet de cigarettes. Il est devenu mon dealer officiel depuis que je suis à court de munitions. Il vient de se faire couper les cheveux dans la salle de gym par Retchie, l'électricien. Il ressemble maintenant à un candidat de la Star Academy. Je le lui ai dit. Il a ri, flatté. Ramis dépare dans l'équipage, même s'il porte des chaussettes trouées jusqu'aux chevilles. Il donne des conseils de maquillage à Maïté. Sa gestuelle féminine, sa manière de sourire enfantine au milieu des gueules dures des marins créent un contraste frappant. Le père de Ramis est marin et, sans lui, il n'aurait jamais choisi ce métier. Ramis n'aime pas la mer. Quand il était petit, il vomissait chaque fois qu'il prenait un bateau. Il est ici pour l'argent. Avec cet argent, il aide sa mère malade et ses frères et sœurs dont il faut payer les études. Il est ici parce qu'il espère de toutes ses forces qu'il va se passer quelque chose dans sa vie : « Si tu restes aux Philippines, il ne peut rien t'arriver. » Il a prolongé son contrat initial de deux mois et rentrera en août après huit mois de grand bleu. « Les marins, on les appelle les millionnaires d'un jour, l'argent que tu gagnes ici, tu le perds très vite aux Philippines » ; il reviendra sur un bateau dès le mois d'octobre pour un nouveau contrat de six mois. Et à 27 ans, il en est sûr, il arrêtera de jouer au marin : « Je ferai du business ! »

Ramis m'a aussi parlé du tabou, du sujet qu'on n'aborde jamais à bord. La vie sexuelle des marins au long cours. Il m'a parlé des filles argentines qui ont presque la même couleur de peau que les philippines, même si elles ont le nez long; il m'a parlé des Brésiliennes, les plus avenantes, et a fait la moue à l'évocation des filles turques. « Elles nous regardent comme des requins. » Les yeux dans le vague, Ramis m'a aussi confié que lors de la dernière traversée, en fin de soirée, épuisé à la bière, un marin lui a dit : « On est loin de nos femmes, j'en peux plus, viens, on va baiser ensemble. » J'ai dit « vraiment ? ». Il a souri et a sorti un joker de sa poche : « C'était une blague. »

J'ai lié connaissance et partagé des instants avec tous les membres d'équipage du *MSC Cordoba*. Tous sauf un. Le troisième officier. Il ressemble un peu à Kim Jong-il et ne parle à personne. Il fait ses quarts de minuit à quatre heures du matin. Quand il est seul à la passerelle, il ne me salue pas. Il ne salue personne. Ne mange jamais avec les autres. Ne vient jamais au mess, ne se mélange pas avec l'équipage. Mais cet ermite n'est pas misanthrope. C'est lui qui est chargé de la santé des marins. Si quelqu'un se blesse ou tombe malade à bord, il s'en occupera. Il doit avoir ses raisons pour préserver son isolement. Tout le monde a ses raisons.

L'équipage a trouvé un jeu d'échecs. Nous avons joué deux parties avec Glenn, l'officier au visage de surfeur hawaïen. Si je devais changer de gueule un jour, je me paierais le visage de Glenn. C'est un joueur romantique qui attaque sabre au clair. Nous avons gagné une partie chacun. Plus tard, j'ai porté haut les couleurs de la France lors de parties de ping-pong endiablées et seul le capitaine a refusé d'affronter le « frenchie ». Je n'arrête pas de le chambrer depuis. « Vous savez où me trouver capitaine. » « Un capitaine ne peut pas perdre sur son bateau », explique-t-il. Il a promis de m'offrir une carte marine, puisque certaines d'entre elles ne servent déjà plus. Je n'avais rien demandé et ce geste m'a touché. Pendant ce temps-là, Maïté lisait, paisiblement installée sur une chaise longue au balcon du pont F.

Après huit jours de mer, nous faisons partie de la communauté du *MSC Cordoba*. Une communauté qui a trouvé son équilibre, ses règles et qui vivait en huis clos jusqu'à l'irruption étrange du capitaine Selçuk. Ce matin, sa présence a troublé pendant trois heures le fragile édifice construit pendant huit jours. J'ai l'habitude des édifices branlants. Des huis clos foutraques, stressants. Des histoires de voyage où tout se passe mal, quand de petits groupes d'êtres humains se retrouvent coincés dans de minuscules paquebots routiers alors qu'à l'extérieur, les tempêtes de l'histoire déchaînent leur fureur.

Un taxi pour Tombouctou

Sur une piste qui longe le désert à l'ouest du Mali, nous hoquetons dans un 4 × 4 Toyota blanc, comme toujours. Nous sommes perdus, comme souvent. Nous sommes partis ce matin à 5 h 30 de Nampala. Le soleil, ce gros feignant, n'était pas levé. Nous avons roulé deux heures trente sur une lune rouge à travers ces zones qui hésitent entre la brousse et le désert. Arbustes, buissons épars, sable, sable, sable. Et maintenant, nous faisons demi-tour.

Nous faisons demi-tour parce que l'on ne sait pas où l'on est ni où l'on va. Dans un désert, c'est ennuyeux. Dans un désert hanté par des islamistes qui n'aiment pas les gens qui aiment le saucisson, c'est pénible. On a croisé un village abandonné, rien, pas un rat, que les maisons de terre cuite, le vent dans les buissons, des ânes et le sable partout.

C'était un peu effrayant, cette vision de village fantôme habité par le vent sous le soleil levant. On nous dira plus tard que les habitants ont fui les islamistes. Je ne sais pas si c'est vrai. On a encore un peu poussé notre chance sur la piste, mais Aboubacar, le fixeur, le guide, a dit qu'il fallait faire demi-tour. On avait peu d'eau, plus trop d'essence. Aboubacar, c'est un corps de félin, leste, souple, crâne chauve, grands yeux, il ne parle pas, il chuchote. Aboubacar, au marathon, il finit dans les cent premiers à cloche-pied avec de la pâte à modeler dans les yeux.

On visait Lerré sur la route de Tombouctou qu'on espérait atteindre dans la soirée. C'est râpé. François Hollande y sera avant nous. On a choisi la route la plus compliquée, six cents kilomètres de piste dans le désert, parce que c'était la seule option possible. À Bamako, l'armée française qui a convoyé beaucoup de journalistes dans ses avions croulait sous les demandes et a été claire avec nous : « Vous allez parler des manuscrits de Tombouctou, pas de l'armée. Nous ne sommes pas une agence de voyages. » On a hésité à répondre qu'on n'était pas non plus en vacances, qu'on voulait juste sécuriser notre voyage au maximum. Peine perdue. « Nous vous déconseillons aussi de prendre la piste vers Lerré, Niafunké et Tombouctou. Elle n'est pas sécurisée. » En effet, nous n'avons pas croisé un seul troufion français de Bamako à Tombouctou. Mille kilomètres. La dernière option, la route bitumée à l'est, vers Mopti puis Douentza, était surveillée par les militaires maliens. Des dizaines de journalistes étaient encore bloqués sur cette route à l'heure où nous devions prendre notre décision. On n'a donc pas eu le choix. C'était la piste de l'ouest ou le retour à Bamako la queue basse et l'air bête. Avec l'accord de la rédaction en chef à Paris, on a choisi de tenter. À partir de Ségou, à deux cents kilomètres au nord de Bamako, en espérant rejoindre Tombouctou deux jours et demi plus tard.

Le début du voyage s'est bien déroulé. Piste rouge damée et confortable. Trois check-points maliens passés sans encombre en brandissant nos précieux sésames. Des autorisations décrochées au ministère de la Communication à Bamako après quelques génuflexions et une matinée dans un roman de Kafka. Les militaires maliens avaient l'air étonnés de nous voir. « Ne dites pas qu'on va à Tombouctou », avait prévenu Aboubacar.

Sur la route, on a vu plus de drapeaux français que lors de la finale de la Coupe du monde en 1998. Au bord du Niger, on a aussi aperçu des gamins jouer avec un bâton et une roue, des hommes pioncer dans des hamacs et des femmes, seins nus. Au Mali, l'Islam malékite n'a aucun problème avec la nudité des femmes qui se lavent au bord de l'eau. Aucun. Ça a dû leur esbigner les pupilles, aux islamistes de l'Aqmi… Je crois même avoir vu la sœur noire de la Vénus de Milo. Elle se lavait les cheveux dans le fleuve.

La nuit précédente, on l'a passée à Nampala, petit bourg de poche en bord de désert. On a dormi sur une natte dans une pièce nue. À trois en travers, Stephen, le photographe, et Clare, la journaliste américaine de *USA Today*. La fine équipe. Quand on est arrivés à Nampala, on a été accueillis en héros. Des Français. Une Américaine. Des Blancs. Ce n'est pas tous les jours à Nampala. J'avais envie de leur dire qu'on n'était pas des soldats français, qu'on n'avait rien libéré du tout, mais j'ai renoncé. J'ai dû serrer la pogne à une centaine d'enfants. Il n'y a plus de touristes ici depuis des années. Ils nous ont regardés déballer nos affaires et c'était la fête. Aboubacar a négocié un logement sommaire sous le ciel étoilé. Feu de bois, chèvres qui bêlent, réveille-matin équipé d'une crête et d'un bec. Le lendemain, au départ de Nampala, on nous a dit qu'on arriverait à Tombouctou vers 10 heures ou 11 heures. Avec l'Américaine, on s'est regardés en souriant. « Ça, c'est la belle histoire qu'on aime entendre, pas la réalité. »

On nous a dit aussi que c'était tout droit jusqu'à Lerré. Tout droit, vraiment ? Après une heure à progresser dans un sable mou comme du caramel, on est tombés sur un embranchement. Un embranchement, c'est un vrai problème quand on roule dans le néant. Deux directions s'offraient à nous. Ouest ou nord. Les portables ne passaient pas. Nous n'étions pas équipés de GPS. On n'avait qu'Aboubacar. Il est allé « renifler » le sable. On aurait dit un guerrier massaï qui piste un lion. L'armée française était passée six jours avant au même endroit. Ça laisse des traces. Après avoir minutieusement étudié les deux pistes, il est revenu et il a dit : « Le nord. »

Mais nous sommes tombés sur ce village fantôme, le genre de vision glaçante qui vous fait regretter l'hiver à Paris et les embouteillages sur le périphérique. Nous avons donc fait demi-tour et nous revoilà maintenant devant ce maudit embranchement. L'heure est grave. On hésite. Rentrer à Nampala, quitte à avoir l'air crétin ? Prendre la piste vers l'ouest, quitte à avoir l'air mort ? Le manque d'eau, la trouille et l'envie d'exister encore un peu nous font pencher vers Nampala. Plein sud. Sauf qu'on se retrouve devant un nouveau dilemme de champions du monde d'orientation. Deux autres pistes partent vers le sud ! Eh oui. Pas une. Deux. Laquelle avait-on pris à l'aller ? LAQUELLE ABOUBACAR ?

Le cerveau d'Aboubacar bout à 500 degrés et là il oscille pas loin des 800. On choisit évidemment la mauvaise option. Et l'on tombe aussitôt sur un village peul. Un type quasiment édenté et juché sur un âne garde de petites vaches. Il nous sourit de toute sa dent. Mais ne comprend rien à ce que raconte Aboubacar. Il nous indique un groupe de potes peuls plus loin dans le désert. On s'approche lentement en 4 × 4.

Deux ânes tirent une corde accrochée à une poulie au bout de laquelle une poche de plastique gonflée d'eau sort d'un puits. On serait du *National Geographic*, on prendrait mille photos. Les hommes frappent les ânes et récupèrent le précieux liquide. Ils nous regardent comme des suricates qui découvrent un sèche-linge. Ils sont, comment dire ? Du genre rural. Ils se méfient. « Ils ont peur qu'on vienne les enlever », traduit Aboubacar. Il y a donc des gens qui ont peur de nous au Mali. Aboubacar se marre. Il finit par convaincre un Peul de monter avec nous dans le 4 × 4. On revient sur nos traces. L'embranchement maudit. Conciliabule. Le Peul lève le bras et indique la bonne piste. C'est celle qu'on a déjà prise. Celle qui mène au village fantôme. Le soleil tape comme un sourd. La journaliste américaine est pâle. Khalifa, le chauffeur, la cinquantaine, casquette Cannondale vissée sur ses cheveux blanchissants, lui qui ferme toujours sa gueule, décide de l'ouvrir soudain. Il dit qu'on s'était bien trompés en prenant l'autre côté tout à l'heure. Après un instant de réflexion, je lui fais remarquer qu'on n'a pas pris l'autre côté tout à l'heure. Pas du tout. On a pris la direction qu'indique le Peul. Silence abstrait. « On est censés être avec des mecs qui en savent 99 % de plus que nous. Là, ils n'en savent que 5 % de plus que nous », lâche l'Américaine, excédée. Nous décidons qu'il est urgent de ne pas suivre le conseil du Peul. On revient vers Nampala. Le Peul s'en moque et s'en retourne à son puits.

C'est alors que l'on croise deux motards échappés d'un *Mad Max* revisité à la sauce arabo-berbère. Les deux hommes sont harnachés dans leurs chèches et portent de grosses lunettes pour se protéger du sable. Ils remporteraient l'Oscar des meilleurs costumes les doigts dans le nez si seulement quelqu'un les filmait et si on voyait leur nez. De près, on s'aperçoit que ce sont de vrais malabars : « T'as fait des sports de combat ? » me demande Stephen, le photographe, en rigolant à l'arrière. Stephen a 24 ans, il a déjà couvert la Syrie à Alep et les bombardements à Gaza. Mais là, avec son visage couvert de sable rouge, il ressemble davantage à une star de Bollywood qu'à un reporter de guerre. Aboubacar sort du 4 × 4. Il nous dit de rester dans la voiture. Conciliabule encore entre les locaux. On attend. Encore. Aboubacar revient. « Les motards nous proposent de nous guider vers Lerré. » Moi, je dis « Chouette ! ». Aboubacar grimace. Il me chuchote qu'ils ont un accent « privé ». Ça veut dire qu'ils sont un peu arabes sur les bords, voire au milieu. Qu'on ne peut pas leur faire entièrement confiance. Un traquenard nous attend peut-être au bout de la route. Notre présence a déjà dû être signalée à des kilomètres à la ronde. « Pour vos vies et les nôtres, je pense qu'il vaut mieux ne pas les suivre. » D'accord Abou. D'accord. On se tire sans dire au revoir. Impolitesse de survie. On fonce. Direction le point de départ. Nampala. Bonne nouvelle : les motards ne nous poursuivent pas. Mauvaise nouvelle : c'est le moment que choisit la journaliste américaine pour vomir. Pas dans la voiture, non. Derrière une dune après avoir fait arrêter la voiture. La classe américaine. Elle n'est pas du genre à vomir dans une voiture, Clare. Six semaines dans les prisons de Kadhafi pendant la guerre en Libye, cela forge un caractère et bétonne un estomac. Un doctorat d'histoire médiévale à Harvard, Clare, c'est l'intello de la bande. Elle est adorable sauf quand elle rote en hurlant « Hamdoulilah ! ». Le problème, c'est qu'elle rote très souvent. Je lui ai dit qu'elle n'était plus en Libye. Elle s'en moque.

Mais là, elle n'est pas bien du tout, Clare. Fièvre. Douleurs insupportables. Ce reportage prend un tour vraiment passionnant. À midi, sept heures après notre départ pour Tombouctou, nous nous retrouvons à la case départ avec une malade en sus. Sachant qu'il y a autant de médecins à Nampala que de pilotes de Rafale culs-de-jatte. Au même moment, François Hollande vient d'arriver à Tombouctou. Il a eu l'idée géniale de prendre l'avion. C'est tout de même plus intelligent qu'un journaliste, un président. Nous, on a garé la voiture à l'ombre dans le village, acheté de l'eau, de l'essence, trouvé un guide pour Lerré, un pharmacien pour Clare. Bourrée de Doliprane, elle récupère dans la petite boutique en terre cuite, « Laissez-la dormir une heure », a dit le pharmacien. Dans la voiture, avec le photographe, on dévore de la viande de chèvre grillée et des beignets de quelque chose en fumant des clopes. On est samedi. Cela fait trois jours que je suis arrivé au Mali. Et je n'ai interviewé personne. Je n'ai pas le début d'une histoire. Rien. Vers 13 heures, alors que je songe à plier les gaules vers Bamako, Clare décide qu'il est temps de ressusciter. Et c'est reparti. Un reporter passe 99 % de son temps dans une voiture à attendre.

Deux heures et demie plus tard, nous arrivons à l'embranchement maudit. Le guide n'hésite pas et indique la piste qu'on avait déjà prise. Voilà, voilà, voilà. Six heures de désert et de cigarettes plus tard, après avoir atteint Lerré, la ville la plus sale que j'aie jamais vue, on s'apprête à atteindre Niafunké quand, sur une route étrange qui traverse des lacs formés au bord du fleuve Niger, on croise la première voiture du voyage. Un 4 × 4 sur le pare-brise duquel sont écrits : « TV, PRESS ».

À bord de la voiture, quelqu'un nous fait signe. On s'arrête sur la bande de terre cernée par les eaux. Un homme un peu rond, rasé de frais, sort de la voiture. Il est de type arabe. Aboubacar fronce les sourcils. L'homme s'adresse à nous dans un français parfait : « Bonjour, vous êtes journalistes ? Je suis le correspondant de MSNBC, je reviens de Tombouctou, j'ai fait une exclu de François Hollande, c'était génial ! » Il rit. On opine en silence. On ne rigole pas. Aboubacar dit à Khalifa de démarrer. On fonce, l'autre 4 × 4 ne peut pas faire demi-tour sur cette route étroite entourée d'eau. Pourquoi ce journaliste qui vient d'en croiser des dizaines à Tombouctou nous arrête-t-il ? Quel besoin a-t-il de partager son expérience ? Pourquoi n'y a-t-il que des types barbus dans sa voiture ? Où est le cadreur anglo-saxon ? Que font-ils ici ? Pourquoi s'éloignent-ils de Niafunké, la seule ville à des kilomètres à la ronde, alors que la nuit tombe ? Autant de questions que pose Aboubacar pendant que Khalifa appuie sur le champignon. On ne saura jamais si c'était une simple rencontre bienveillante tombée dans l'un de ces instants maudits qui transforment la réalité en mirage de cauchemar. Peut-être que cet homme travaille vraiment à MSNBC et a en effet décroché une interview exclusive de François Hollande. J'ai cherché. Je n'ai jamais rien trouvé sur Internet. Même les paranos ont des ennemis.

La nuit est tombée quand nous arrivons épuisés à Niafunké. Dans la télé installée sur le bord d'un trottoir devant une boutique, le Mali vient de se qualifier aux tirs au but pour les demi-finales de la Coupe africaine des nations. La liesse s'empare des rues sableuses. Les jeunes font vrombir leurs scooters. Quelqu'un crie : « On a gagné la guerre et le match ! » On se couche tôt. Clare rote. Stephen sent des pieds. Demain matin, oui, on sera enfin à Tombouctou. On croisera à l'entrée de la ville un pick-up vitrifié par les Rafale et un grand panneau écrit en arabe et mal traduit en français : « Tombouctou, le minaret de l'islam, à l'entrée de l'application de charia vous souhaite la bienvenue. »

L'angoisse de ne pas aller en Libye

Tout va se jouer dans dix minutes. Lucas s'allume une cigarette et prend appui sur le capot du minibus blanc. Il attend un coup de fil capital, le feu vert de sa direction pour traverser enfin la frontière entre l'Égypte et la Libye. J'attends, sans doute encore plus stressé que lui. Après moult stratégies, j'ai réussi à convaincre ma propre direction, ma femme et ma mère que c'était une excellente idée de venir ici raconter la révolution libyenne. J'en ai marre d'attendre. Marre d'avoir peur. J'ai hâte d'en finir. Hâte d'y être.

Autour de Lucas, des gamins en djellaba crado jouent à se balancer des pierres et taxent des clopes. La frontière est encombrée de camions en attente, pick-up en pagaille, Peugeot 504 break bourrées de marchandises. Des militaires égyptiens écoutent le vent souffler sur le fil de leur baïonnette et les klaxons des conducteurs épuisés d'attendre. Le soleil frappe comme un sourd. Des détritus jonchent le sol partout jusqu'à l'horizon. Cinq mille réfugiés survivent ici, entre les deux arches des postes-frontières. Des Africains du Sahel, qui ont fui la Libye de peur d'être pris pour des mercenaires engagés par Kadhafi. Ils sont parqués dans des abris de fortune depuis trois semaines, en attendant le retour à la normale, un vainqueur. Certains font la queue pour manger quelque chose, décrocher un papier, tuer le temps. Un jour, ils migreront vers l'Europe.

Lucas, 36 ans, yeux un peu bridés, tire sur sa cigarette. Du côté du poste-frontière libyen flotte le drapeau de la révolution. Il est là, à portée de main. Un chauffeur libyen attend là-bas l'équipe de télévision. Cela fait deux jours qu'il poireaute. Depuis le départ, tout va de travers. Nous sommes partis le jour du séisme au Japon à Fukushima. Mauvaise pioche. Chaque heure qui passe rétrécit la Libye sur la carte de l'état-major médiatique. Lucas, Marc, le caméraman et Simon, le preneur de son, devaient réaliser un sujet sur la guerre du pétrole en Libye en se rendant sur le front, à Ras Lanouf, près des raffineries tenues par les insurgés. Je devais les suivre. Hélas, après une résistance acharnée, Ras Lanouf vient de tomber. Il faut aller en Libye sans trop savoir où se situe la ligne de front.

Lucas paraît calme, mais, au bout de ses doigts, les clopes s'enchaînent. Il n'est pas inquiet d'entrer en Libye. Il est angoissé à l'idée de ne pas y aller. Avant de partir, Lucas était une connaissance. Il est devenu un ami pendant ce voyage.

Lucas est sans aucun doute le seul journaliste à avoir fait un saut en Corée du Nord en se faisant passer pour un joueur de triangle de l'Orchestre philharmonique de New York. En Irak, il a été pris pour cible par un sniper. Il a entendu siffler une balle à son oreille. Il m'a raconté Bagdad dans les années 2006-2007, les rues vides, les explosions, tous les jours, mortiers, attentats, la guerre sourde entre sunnites et chiites, l'asile de fous à l'échelle d'une ville, la terreur permanente, la morgue de Sadr City et ses sacs pleins de pieds et de mains découpés, l'Irak littéralement tronçonné, le mal, le diable, quand vous croyez couvrir la guerre alors que c'est la guerre qui vous recouvre. À Bagdad, par un matin gris, las de rester cloîtré au Palestine Hotel, il demande à son fixeur irakien de sortir. Ils ne peuvent pas rester éternellement comme ça à attendre. Pas possible, répond le fixeur. Lucas insiste. Le fixeur l'amène à la sortie de l'hôtel. Sur le trottoir, ils découvrent des têtes humaines. « Alors ? » demande le fixeur. « Alors hôtel », répond Lucas.

Juste après notre arrivée au Caire, nous devions filer dans la nuit à Benghazi, capitale de l'insurrection. Seize heures de route. La douane égyptienne en a décidé autrement. Négociations interminables pour une caméra et des gilets pare-balles. Un douanier a voulu appeler un expert en balistique pour être certain qu'il n'y ait pas de matière explosive cachée dans les gilets pare-balles... À minuit. Au Caire... Retraite. Il a fallu dormir sans caméra dans la capitale égyptienne, presque vidée de ses tanks. Et après une nuit à l'hôtel, repiquer au front... vers l'aéroport. À 16 heures, enfin, la caméra est récupérée. Pas les gilets pare-balles.

Voilà Saïd, le placide chauffeur du minibus. Il sourit et ne prononcera pas dix phrases dans les prochaines soixante-douze heures. Il ne saura jamais ce qui se passe vraiment, mais ne posera pas de questions. À quoi bon ? Pour l'heure, il fonce dans le paysage morne et plat qui longe le nord de l'Égypte jusqu'à la frontière. La nuit tombe et les informations aussi, inquiétantes et contradictoires. Coup de fil d'un contact à Tripoli. Le ministre des Affaires étrangères libyen a dit « en off » que les journalistes français seront particulièrement choyés. Celui qui se fera attraper risque de passer un certain temps à l'ombre. Simon, le preneur de son, et Marc, le caméraman, pâlissent un peu. Marc ne dit rien depuis le départ. Il n'a jamais travaillé sur une zone de guerre. Baptiste, jeune photographe indépendant de 27 ans qui s'est déniché une place au fond du minibus, non plus. Mais lui trépigne : « Ça fait quatre ans que je me prépare à ce moment. » Dans le minibus, pour tromper l'attente, chacun se raconte un peu. Baptiste écoute Pierre, 31 ans, grande gueule chauve et susceptible. Quatre ans séparent les deux photographes, davantage si on compte en termes d'expérience de conflits armés. Pierre n'a pas eu un début d'année facile. Il y a un mois, il s'est fait casser la gueule au Caire par des pro-Moubarak. Un peu plus tôt, en Tunisie, le photographe français Lucas Mebrouk Dolega est tombé dans ses bras, touché à la tête par une cartouche de gaz lacrymogène. Un tir tendu, de plein fouet. Il a aussi passé quarante minutes sous un char et sous les balles d'un sniper qui lui en voulait particulièrement. « Quand un reportage commence mal, en général, il finit bien », dit-il pour détendre l'atmosphère. Il raconte qu'il a reçu un message de sa mère sur son profil Facebook avant de partir. « Mon chéri, ne pars pas dans ce pays de fous. » Il l'a effacé. Il en a reçu un nouveau : « Quoi ? Tu as honte de ta mère ? »

Le minibus pétarade dans un paysage si monotone que même les cailloux semblent s'ennuyer. Sur le bord de la route, un Burger King incongru. Les portables sonnent en permanence. Les nouvelles sont mauvaises. Les agences de presse s'en vont. La ville de Brega serait tombée aux mains de Kadhafi. La population d'Ajdabiya, le dernier verrou avant Tobrouk et la frontière, serait sur le point de se retourner. Les pro-Kadhafi, jusque-là planqués dans les zones contrôlées par les insurgés, sortent du bois. Sur le chemin, interminable, l'équipe se rappelle les recettes pour rester en vie :

trouver un excellent chauffeur toujours prêt à démarrer pied au plancher, rester une dizaine de minutes et jamais plus longtemps au même endroit, former des convois avec d'autres journalistes. Faire attention à tout. Ne pas se fier qu'à ses yeux. Écouter le bruit des armes, reconnaître un tir de canon de 155, une roquette Grad. « Si tu entends le son du mortier, c'est souvent le dernier bruit que t'entends dans ta vie », explique Pierre. Il vient d'avoir un de ses amis photographes au téléphone qui est à Brega avec Patrick Chauvel et d'autres photographes. Baptiste, le jeune reporter, tend l'oreille. L'évocation du nom de Chauvel électrise n'importe quel photographe de guerre en herbe. Surnommé « le photographe le plus fou du monde », Patrick Chauvel est une longue cicatrice qui prend des photos. Un témoin cabossé de la folie des hommes, blessé un nombre incalculable de fois, mais qui tient encore debout, par miracle, par magie. Il a couvert la guerre des Six Jours, le Viêtnam et tous les conflits depuis. Ses yeux brillent d'un éclat un peu spécial, et ce n'est pas une invention d'auteur en mal de description. Au fond de ses rétines sont morts des centaines de types. Lui a toujours survécu. La baraka éternelle. Toujours sur le coup, à 62 ans, il était à Ras Lanouf, là où l'équipe devait se rendre, là où il fallait être pour immortaliser « les pires bombardements depuis des années », selon ses mots, plus forts que le Liban, la Géorgie, l'Irak, l'Afghanistan. Ses images raconteront au monde ces gamins de 20 ans, boulangers, étudiants, garagistes voilà encore trois semaines, et qui montent au front avec une kalachnikov, un sabre ou simplement une bouteille d'eau à la main. « Ras Lanouf, c'était le pont d'Arcole le matin, ciel napoléonien, Katioucha, les fumées, le bruit et puis, deux plombes plus tard, la Bérézina, la débâcle. Arcole et Bérézina, six fois par jour », me racontera-t-il quand on le rencontrera par hasard dans l'avion du retour. Pierre raccroche : « Tout ce que la presse française compte de casse-cou est à Brega, sourit-il. Et ils ont peur. » Pas le temps de s'angoisser pour eux. Une nouvelle information explose dans le minibus. Une équipe d'Al-Jazira vient d'être mitraillée à Benghazi dans un guet-apens. Le caméraman est mort. Quatre balles dans le dos. Le reporter est gravement blessé. « Vous avez pris des caleçons de rechange, j'espère », plaisante Pierre. Les informations commencent à se distordre dans le minibus. Le Japon s'en mêle. Tout s'entrechoque. C'est la fin du monde ? Qu'est-ce qu'on fout là alors ? Quelqu'un sort la bouteille de whisky achetée à l'aéroport. Les phrases se mélangent. « Les bombardements sont très violents. » « Accident nucléaire grave. » « Entrer de nuit ? Jamais tout à fait sûr dans un pays en guerre. » « Fuites radioactives. » « Quatre-vingt mille morts au Japon, mais ils ne l'annoncent pas encore. » « Des hélicoptères Chinook ont survolé la frontière. » « La population se retourne à Benghazi. »

Le minibus quitte la route réelle et entre dans une zone de torsion où chacun fait le voyage dans sa tête avant d'y être. La recherche d'informations est si épuisante que l'épuisement devient lui-même une information. La saturation est proche, un danger moins évident qu'un obus, mais qui tord les antennes. « Couvrir la guerre et se couvrir soi-même », écrivait Michael Herr dans *Putain de mort*, son témoignage sur le Viêtnam.

Brega est tombée, c'est confirmé. Sept autres journalistes auraient été blessés. Rumeur, réalité, peu importe. Dans le huis clos du minibus, chaque info pèse le poids d'un destin. Simon, le preneur de son, passe la main dans ses cheveux coupés ras. Il ne « sent plus trop la mission ». À 45 ans, Simon n'est pas parti au feu depuis longtemps. Ses meilleurs souvenirs remontent à l'Afghanistan, quand il a réussi à dégoter le cuisinier de l'ambassade de France, qui prépara le couvert à l'équipe pendant dix jours. Le pire remonte à l'Irak, quand il a été pris en otage pendant vingt-quatre heures, avec simulacre d'exécution dans le désert à la clé. À minuit, on apprend que la plupart des médias demandent à leurs équipes de quitter la Libye. La mort du journaliste d'Al-Jazira. L'aggravation de la situation au Japon. C'est trop. Les rédactions font dégager leurs journalistes de ce piège auquel plus personne ne s'intéresse. Il n'y a plus de place pour leurs sujets dans les éditions. Pourquoi leur faire prendre des risques ? Lucas, lui, est toujours dans le coup, mais il commence à craindre pour son reportage. Qui témoignera si tout le monde part ? « Il suffit qu'un journaliste prenne un éclat dans le cul et c'est l'arrêt général des hostilités médiatiques », râle-t-il. Aller jusqu'à Benghazi devient un objectif lointain. « Il faut viser Tobrouk, à 1 h 30 de route après la frontière, explique Lucas. En chemin, faudra éviter de se faire prendre dans une embuscade ou piller par des types désespérés à un check-point ou encore prendre en otages par des anti-Kadhafi, qui retourneraient leur veste et se serviraient des journalistes comme monnaie d'échange. » En l'écoutant, tout le monde a mal au crâne. La bouteille de whisky tourne. J'en bois de longues rasades et ne ressens aucune ivresse. Enrhumé, Marc, le caméraman, y ajoute deux Actifed. Personne n'a entendu le moindre coup de feu, le minibus roule sur une route paisible. Mais la frontière se rapproche et la pression monte.

La voilà enfin, juste derrière la ville de Salloum. Pause en pleine nuit. Sur les portables, un opérateur téléphonique envoie un message : « Bienvenue en Libye. Nous vous souhaitons un séjour mémorable. » Il faut dormir dans le minibus, garé sur un terrain vague près d'une mosquée. Rêver en vrac, avec le chant du muezzin, les ronflements dantesques de Saïd. Quatre heures de sommeil et réveil tout chiffonnés. Dehors, des chèvres bouffent du plastique. Thé, café. Et grand déballage. Le caméraman et le preneur de son ne veulent plus y aller. Discussion. Échange d'arguments sous la lumière pâle de Salloum, au bord de la Méditerranée. Je suis coupé en deux. D'un côté, j'ai envie de hurler à Marc et Simon qu'ils auraient pu penser à tout ça un peu avant. D'un autre, je comprends leur peur. Parfois, elle est partout, cette fichue peur. Même le sol a une mauvaise volonté et les chèvres une sale gueule. Le courage ? Peut-être une énergie libérée par l'intensité de l'instant, un vide mental qui vous projette sur une trajectoire impossible. Et l'autre courage, celui qui consiste à résister à cette bêtise, à écouter sa peur ? « La vie est trop belle », dit Marc. Je ne sais pas quoi lui répondre. Je ne sais plus où j'en suis. Lucas non plus. Il a besoin d'informations. Il appelle Christophe, un ami de Libération, bloqué à Benghazi. On s'entraide pour se frayer un chemin. Selon Christophe, l'armée de Kadhafi voudra prendre Adjabiya, puis Tobrouk pour verrouiller la frontière. En clair, cela veut dire que l'équipe de Lucas peut se retrouver coincée en Libye. Le sujet sur le pétrole prend l'eau. Il faut couvrir la chute de Benghazi. Quitte à y rester bloqués trois semaines et quitter la ville par bateau quand elle sera prise par les forces de Kadhafi. Mais la direction de Lucas sera-t-elle intéressée ? Le Japon irradié pèse plus lourd que les insurgés libyens. Lucas a réalisé la semaine dernière un excellent reportage à l'ouest de la Libye, où il est entré en clandestinité. Une des plus mauvaises audiences depuis dix ans. Et puis les équipes de « news » quittent la Libye. Comment justifier qu'une équipe de magazine y pénètre ? Sans compter que Lucas est maintenant une équipe à lui tout seul. Il ne lui reste que son appareil photo Canon 5D. Paris a les yeux dans l'atome. Les chefs détestent qu'une équipe se disloque en reportage. Et décident qu'il est urgent d'attendre. Exit la chute de Benghazi. Direction une station-service déguisée en hôtel sans charme et sans draps plantée au bord de la Méditerranée. À l'accueil, au-dessus de la guérite, la télé ne crache que des images de séisme, de tsunami et de centrale nucléaire déglinguée. Il y a du temps à meubler. Chacun pourrait parler de ses motivations, mais personne n'a vraiment envie d'ausculter sa tuyauterie intérieure à cet instant. Le huis clos se poursuit simplement dans les rires nerveux d'un dortoir-fumoir.

Le lendemain matin, retour au poste-frontière. Le dernier coup de fil vers Paris. Lucas a proposé de tourner des images à Tobrouk. Suspense. C'est l'heure. J'attends, un peu nerveux. Je ne peux pas croire que tout va s'arrêter ici. Lucas est penché sur le capot du minibus blanc en attendant son feu vert devant deux gamins de huit ans qui se distribuent des coups de boule pour une histoire de cigarette piquée. Les dix minutes se sont écoulées. Le portable sonne. Lucas décroche, pâlit malgré le bronzage grand reporter. Le sol se dérobe sous mes pieds. Mon château de cartes s'effondre. C'est non. Le reportage est annulé. Le Japon, le Japon, le Japon. Il faut lâcher la Libye sans avoir reçu la monnaie de sa trouille. Un glacier d'adrénaline se disloque dans mes veines. C'est la débâcle. J'appelle ma rédaction pour dire que je n'écrirai rien. Je ne parle plus. Je n'écoute plus. Le minibus redémarre vers Le Caire. J'ai envie de frapper Marc et Simon. Et je les comprends. Je vois la frontière s'éloigner dans le rétroviseur. J'ai l'impression d'un immense gâchis, la sensation d'avoir manqué un reportage extraordinaire. Mais qu'est-ce qu'un reportage extraordinaire ? Quelle est la part de gloriole imbécile, de quête de reconnaissance dans ce besoin viscéral de témoigner dans ces zones ? Je me sens vide, sec, anesthésié, incapable de faire le point sur ce que je ressens vraiment. Le minibus blanc cahote sur la route rectiligne. Pierre dort. Lucas s'interroge sur la possibilité de partir au Japon. Marc et Simon ne disent rien. Saïd conduit en silence. Je regarde le long ruban de la route. Je n'ai pas compris. Je n'ai absolument rien compris. Il me faudra encore du temps pour ruminer les faits, digérer l'expérience et réaliser ce qui m'apparaît aujourd'hui comme une évidence : c'était bien ce huis clos, le véritable voyage.

JOUR 9

DANS LA MER DE MARMARA

Nuit étrange, sans le roulis habituel mais bercé par les coups de tonnerre du port. Les dockers turcs ont travaillé sans relâche. Ils ont détruit la géométrie des conteneurs à laquelle je m'étais habitué pour en reconstruire une nouvelle. Ce matin, en tirant le rideau du sabord de ma chambre, j'ai vu le ventre ouvert du monstre qui nous transporte. Il dissimulait dans ses entrailles et sur toute sa longueur quatre étages de conteneurs empilés. À mon sabord, les numéros ont changé. Adieu GLDU 768091 et DRYU 907212. Je ne dis pas bonjour aux nouveaux, je ne veux pas m'attacher. Demain, je ne serai plus là. Nous voguons maintenant dans la mer de Marmara vers Istanbul que nous atteindrons dans une heure. Nous dormirons cette nuit encore sur le cargo et puis ce sera vraiment la fin du voyage.

Aujourd'hui, j'ai enfin pu discuter avec Jojit, notre cuisinier, toujours aux fourneaux. Il a 39 ans, il nourrit les marins depuis vingt ans, porte des lunettes fines qui lui donnent un air intello et des muscles ciselés de sportif soucieux de sa ligne. L'alliage produit une cuisine à la fois fine et grasse. Je n'ai pas osé lui parler de cette histoire de bromure évoquée plus tôt. Je lui ai simplement demandé si le cuisinier avait une place à part dans un navire. « Tout le monde est important sur le cargo, le cuisinier, le capitaine, mais aussi l'apprenti », a dit Jujit d'une voix de crécelle qui déparait avec sa musculature. J'ai laissé un silence traîner. Il a sauté dessus : « On est comme une famille ici. Ces marins, je les vois tous les jours, ma femme et mon fils de 11 ans, je ne les vois qu'un mois ou deux par an. »

Cet après-midi, pendant que le même spectacle qu'à Anvers se jouait dans le port de Gebze et que la panse du *MSC Cordoba* se remplissait, une douzaine de dauphins sont venus batifoler à la poupe du cargo. Je me suis immédiatement transformé en petit garçon de huit ans. Maïté m'a rejoint. Elle avait huit ans et demi. On est restés longtemps à les admirer comme des gamins et puis, après quelques heures d'observation, l'enthousiasme s'est un peu atténué, nous avons vieilli, retrouvé nos âges respectifs et laissé les dauphins folâtrer dans leur coin.

Après le départ pour Istanbul, nous sommes partis tous les deux à la proue du cargo pour admirer l'ultime coucher de soleil de la traversée et rater une dernière fois le rayon vert dans la mer de Marmara.

Un vent doux nous caressait le visage. Maïté était maquillée, apprêtée, jolie, transformée et rajeunie par le voyage. « Tu vois, dans la vie, il faut accomplir ses rêves malgré tout ; il y a toujours une bonne raison de ne pas se lancer, il faut aller au-delà. » Ce conseil naïf, qui pourra sembler benêt aux esprits ronchons, prenait dans sa voix de jeune retraitée des accents de vérité simple et fondamentale.

Nous n'avons pas vu de baleine. Il ne faut pas exagérer. Dino, le chef de la salle des machines, a réparé l'horloge de la salle de gymnastique. C'est la fin de la parenthèse. Le sablier qui s'était figé pendant neuf jours s'écoule de nouveau. Les secondes creuses, les minutes libres bientôt se chargeront de la cargaison de la vie quotidienne, du stress et des obligations. Il faut déjà appeler l'hôtel à Istanbul. Donner des nouvelles. En prendre.

Ramis est malade. Il a envie que Maïté s'occupe encore un peu de lui. Sa propre mère lui manque autant que l'océan lui sort par les trous de nez. Entre deux portes, il a confié à Maïté que si un avion pouvait immédiatement l'emmener chez lui, il le prendrait sans réfléchir.

À travers mon sabord, je vois les lumières d'Istanbul et l'entrée du Bosphore. C'est, dit-on, le seul endroit où l'on peut embrasser l'Europe et l'Asie d'un seul regard. Au port, des milliers de conteneurs multicolores attendent sur une jetée et un gigantesque porte-conteneurs de 377 mètres toise le *MSC Cordoba*. Pendant les manœuvres d'approche, le capitaine Angelo m'a dit que lorsqu'il était en vacances, loin de l'océan, il voyait des conteneurs partout. Dans ses rêves, dans son jardin, sur la route et dès qu'il ouvrait une fenêtre. Quand il dort à l'hôtel avec sa femme dans un port, il demande une chambre sur cour.

Ce soir, en revenant dans ma cabine, j'ai compris que le capitaine Angelo était ma baleine, j'ai réalisé que Maïté, Glenn, Ruben, Ravis, Joseph, Dino et tous les autres, même Kim Jong-il, formaient mon rayon vert.

Il est minuit passé. Je viens d'apprendre qu'un attentat meurtrier a frappé la petite ville de Suruç, en face de Kobané, à la frontière turco-syrienne. Je m'y suis rendu voilà huit mois. Mes portiques intérieurs roulent sur leurs rails. Mon dernier conteneur m'attend.

Une seconde à Kobané

C'est une histoire très longue. Elle dure une seconde. Elle se déroule en face de Kobané, le 28 octobre 2014 entre, disons, 16 heures 17 minutes 18 secondes et 16 heures 17 minutes et 19 secondes. À cet instant-là, dans Kobané, personne ne sait exactement ce qu'il se passe. Mais on peut imaginer sans trop se tromper.

Mohammed, appelons-le ainsi, membre de l'État islamique, s'avance avec son mortier dans les ruines au nord de Kobané. Depuis trois jours, l'État islamique, que tout le monde appelle Daech ici, cherche à achever l'encerclement de la ville. Il faut fermer le cercueil, prendre le point de passage de la frontière au nord qui permet aux Kurdes de se ravitailler et d'évacuer les blessés en Turquie.

Mais les YPG, les unités de protection populaire kurdes, résistent. Elles reculent mais résistent. Jamais auparavant Daech n'avait rencontré une telle résistance. C'est la première fois que l'État islamique paie le prix du sang. Jusque-là, un coup de fil prévenant de leur arrivée leur suffisait pour gagner une ville. Tout le monde détalait.

Officiellement, Mohammed n'a pas peur de mourir, au contraire. Il rêve d'être un martyr et d'aller au paradis entouré de soixante-douze vierges. Mais, officiellement aussi, plus de cinq cents copains de Mohammed sont morts ici, peut-être le double.

Alors sans doute, Mohammed a un peu peur quand même à cet instant-là quand il entend le bourdonnement des avions de la coalition. Heureusement pour lui, il est sous les effets du captagon, une amphétamine puissante qui, mélangée à du haschich, procure une euphorie totale. Elle insensibilise à la douleur.

En face de lui, peut-être à cinquante mètres, peut-être à vingt, il y a un autre Mohammed, kalachnikov au poing. Lui est kurde. Son but : sauver sa ville, évidemment, se battre jusqu'au bout, quitte à devenir un martyr lui aussi. Son organisation est laïque, socialiste, très hiérarchisée. Ça ne rigole pas au PYD, parti d'union démocratique, frère syrien du PKK turc. Les femmes des YPG n'ont pas le droit d'avoir d'enfants.

Sans doute pense-t-il aux renforts kurdes irakiens, les peshmergas, qui doivent arriver ce soir ou demain avec des armes lourdes. Enfin… C'est rassurant de savoir que des armes lourdes arrivent. Mais c'est pénible d'imaginer que les peshmergas puissent passer pour des sauveurs. Après tout, ce sont eux, les YPG, qui se battent depuis le 16 septembre. Plus d'un mois et demi sans sommeil, sans pause réelle. Ils n'en peuvent plus.

À la même seconde, Dany, appelons-le Dany, vole à bord d'un bombardier B-1B Lancer américain de la coalition. Il vole au-dessus de Kobané et vient de larguer une bombe JDAM de 226 kilos à guidage GPS. Dans une seconde exactement, elle explosera sur Kobané, provoquant une gigantesque déflagration et tuant tout sur un rayon de cent mètres. Mohammed et Mohammed n'y réchapperont pas. Ils sont dans la zone ciblée, près du poste-frontière.

À 1,8 kilomètre au nord de Kobané, sur une colline pierreuse, les équipes télé et les photographes enregistreront l'image de l'explosion en direct. Mais il reste encore une seconde avant la déflagration extraordinaire. On en voit des choses, en une seconde.

Sur la colline où s'agglutinent les médias, par exemple. Pour arriver ici, il leur a fallu quitter la route et rouler un peu en hors piste sur les pierres coupantes. Garer les voitures ou les cars de diffusion tout en haut. S'installer. Attendre. Regarder aux jumelles. Écouter les sons de la guerre. Parler avec les dizaines de Kurdes venus soutenir leurs « frères ». Ou, hélas, voir leur maison brûler.

Parmi les photographes, voilà Bulent. Il est turc. Extrêmement doué. Il a pris des photos incroyables depuis le début du conflit. Il ressemble à Michel Boujenah en plus jeune. Il est épuisé. Cerné. Las. Mais il arme son appareil.

On lui a demandé une nouvelle photo d'explosion ; la dernière qu'il a prise a été vendue partout dans le monde. À côté de lui, Tewfik sourit. Tewfik a la tête perpétuellement penchée parce qu'il porte en permanence un plateau de petits pains sur la tête. Il est peut-être né avec ce plateau sur la tête, je ne sais pas. Ce plateau tient en équilibre sur son crâne sans jamais qu'il s'aide de ses mains. Mais la tête de Tewfik est définitivement penchée sur le côté. Ce qui lui donne une tête d'ahuri. L'idiot du village. Grave erreur de perception.

Tewfik est très malin. Il sourit. Il est content parce qu'il vient de vendre son soixante-dixième petit pain depuis ce matin. Chaque jour, il avale deux cents kilomètres pour venir ici, gratuitement, avec des journalistes. Hop, dans la bagnole. Il achète les pains en ville, à Suruç, à dix kilomètres d'ici. Les revend sur la colline et dégage tous les jours une marge de quarante livres turques. Juste à côté de lui, Hakan et sa femme regardent Kobané. Il a 60 ans, une voix de très gros fumeur, une énorme tête sombre. On dirait du bronze. Il se roule d'ailleurs une cigarette. Il est venu soutenir le combat kurde en Renault 12.

Hakan est à dix petits mètres d'un tas d'excréments dévorés par des mouches et couverts de gros cailloux et de Kleenex. Le reporter qui a mangé trop de piments et n'a pas d'arbre à disposition doit parfois soulager son ventre à découvert, à l'aube, nez vers la bataille, fesses vers l'armée turque.

À droite, sur une autre colline, un soldat turc est en train de pisser sur la pierre rouge. Les tanks turcs forment un cercle qui évoque le camp retranché de Babaorum. Il pisse, le soldat turc, et il maudit les journalistes. Il a passé ces trois dernières semaines à les chasser des collines alentour à coups de grenade lacrymogène. Ces casse-couilles. Ce matin, il nous a chassés de la petite colline à moins d'un kilomètre de la ville où nous étions planqués à l'aube. Elle est beaucoup mieux située. La vue sur les combats y est spectaculaire. Le son des tirs au mortier ou à la kalachnikov vrille le tympan.

Problème, cette colline est trop bien située, en ce sens qu'elle est à portée de tirs. Alors vers 8 h 30, quand l'armée turque se réveille, elle envoie des blindés légers y déloger les journalistes. À moins d'un kilomètre à l'est de cette colline, sur le toit d'une mosquée, une centaine de Kurdes regardent les combats ou plutôt les écoutent. À 16 h 17, ce jour-là, un homme est rivé à son téléphone portable tandis qu'un imam improvise un prêche. Le type est en grande discussion avec un combattant dans Kobané et essaie de donner des informations à ses copains massés autour de lui. Dix antennes relais ont été installées depuis le 16 septembre et permettent de téléphoner indifféremment en Syrie ou en Turquie. « La grosse explosion survenue voilà dix minutes, c'est une voiture de kamikaze neutralisée par les YPG », assure-t-il. « Ah non. C'est un tank ennemi ! Il a été détruit ! Les corps de djihadistes gisent sur le sol. Daech recule ! » En temps de paix, il est difficile de savoir qui fait vraiment quoi. En temps de guerre, il est difficile de savoir qui est vraiment qui. Ce type est peut-être placé à cet endroit stratégique par le PKK, qui tente de verrouiller la communication sur la bataille. Il est là pour soutenir le moral des supporters et bien informer les médias.

Sur le toit de la mosquée, il y a aussi Pinar, 20 ans, étudiante en histoire. Elle est sans doute en train de discuter avec ses copines. Elle est jolie, Pinar, avec ses yeux verts, son foulard fleuri et son minois de chat. Mais elle a surtout la langue bien pendue. Débit mitraillette. Elle est venue de l'université de Mersin, à plus de cinq cents kilomètres, pour soutenir Kobané. Elle est fière d'être une femme. Fière de savoir que les Kurdes ne discriminent pas les femmes au combat. 30 % des YPG sont des combattantes. À l'hôpital de Suruç, un médecin épuisé, stéthoscope autour du cou et blouson de cuir noir, a confirmé que 30 % des victimes étaient aussi des femmes. Et puis il y a la légende, le mythe : Mayssa Abdo, 40 ans, à la tête des troupes kurdes avec Mahmoud Barkhodan : « Un exemple pour le monde entier. Il y a des filles plus dégourdies et qui en savent plus que les garçons », a dit Pinar quand on l'a croisée.

À deux kilomètres à l'ouest, dans le bourg de Boydé, Ismeth, 14 ans, pousse sa sœur Guljan, 2 ans, sur une balançoire. La balançoire est accrochée à la branche d'un arbre à deux cents mètres de la frontière. Leur maison est située juste en face de la colline de Tilsehir. C'est d'ici que Bulent a pris la fameuse photo. La zone a été prise et reprise plusieurs fois. Hamburger Hill. Le drapeau noir y flottait. Parfois les balles sifflent. Cassent des vitres de la maison. Personne n'a été tué jusqu'à maintenant. Mais l'idée de faire de la balançoire ici, entre les déflagrations, défie l'entendement. On doit s'habituer à tout. Au loin, littéralement sur la frontière, un berger regarde brouter son troupeau de moutons. Il est sur la zone minée, en plein dedans. Il a confiance. La zone a déjà involontairement été déminée par ses ovins. Beaucoup ont sauté en broutant. Il faudrait breveter le déminage aux moutons. La méthode semble efficace.

À 16 h 17, ce jour-là, des réfugiés viennent d'essayer de passer à Kobané pour ramener de la nourriture à leurs amis. Ils se sont fait tirer dessus par l'armée turque. Tir de semonce. Pas de blessés. Ils tenteront leur chance cette nuit. D'autres essaient de passer légalement par le poste-frontière où dorment des milliers de véhicules abandonnés par les Kurdes en fuite. À un officier turc, un géant dit qu'il doit passer un médicament pour un ami diabétique à Kobané. Il sort de sa poche une boîte de sucrettes Canderel. L'officier turc a des valises sous les yeux. Comme tout le monde ici. La nuit, les combats sont intenses. Personne ne dort. Il refuse. Sucrettes ou pas. Personne ne passera. Demain peut-être. Tu parles, Charles, disent les Kurdes en kurde.

Beaucoup d'hommes errent sur les petites routes entre les collines. Tous des réfugiés. Ils attendent des heures, des jours. Ils sont littéralement échoués. Mon fixeur, Ahmet, m'a dit que les réfugiés perdent peu à peu la notion du temps comme on la perd à bord d'un cargo. Je crois qu'il a raison.

J'ai demandé à l'un d'entre eux s'ils n'avaient pas peur de passer la frontière pendant la nuit. Daech est aussi en face. On voit à l'œil nu le drapeau noir flotter à l'est de la ville. Il m'a répondu : « Peur de quoi ? On a perdu nos terres, nos animaux, nos maisons. Peur de perdre notre vie ? Mais on est déjà morts ! »

Dans Kobané, à 16 h 17, le docteur Mohammed Arif boit peut-être un café. Sûrement s'allume-t-il une cigarette sans penser à la fumer. Il n'en peut plus d'attendre l'ouverture du corridor humanitaire qu'il réclame à la communauté internationale pour évacuer les blessés en Turquie. Son « hôpital » se déplace tout le temps. Le front avance, recule. La bataille se joue parfois dans le même immeuble d'un étage à l'autre. Ses quatre ambulances sont détruites. Il manque de tout. Antalgiques, fil de suture, compresses. Cinq à trente blessés par jour. Ces derniers temps, plutôt trente.

Peut-être pense-t-il à cet homme blessé par un éclat de mortier. Il pensait l'avoir sauvé. Il avait été évacué. Mais à la frontière, le blessé a dû attendre dix heures avant d'entrer en Turquie. Formalités administratives. Aujourd'hui, il est enterré au cimetière des martyrs dans la ville de Suruç.

Sur les murs de ce cimetière, un ado amoureux a peint à la bombe un cœur rose, son nom et celui de sa dulcinée. À côté du cœur, un businessman a peint son numéro de téléphone. C'est un vendeur de marbre.

Ce jour-là, à 16 h 17, cinq tombes fraîches viennent d'être creusées à la pelleteuse dans le cimetière des martyrs. Un cortège venu de l'hôpital crie et scande des slogans, au moins mille personnes. Ils enterrent cinq combattants. Les pleureuses pleurent. Les corps sont applaudis. Des jeunes hommes de 22 à 28 ans. « Les martyrs sont immortels », hurle la foule. « Souvent, ils sont plus jeunes que ce qui est dit. Des mineurs », a soufflé mon fixeur.

Peut-être que le docteur de Kobané pense aussi à Merkhace, qu'il a soigné pour sa blessure à la hanche voilà quinze jours. Au même instant, Merkhace est sûrement assis dans sa tente avec ses six petits frères et sœurs dans le camp 7 de Suruç.

Merkhace s'est battu pendant vingt-cinq jours. Vingt-cinq nuits. Pas de répit. Il a 17 ans. De l'acné, un duvet d'ado, l'enfance dans les joues. Et puis voilà quinze jours, son grand frère est mort, 18 ans. Comme son père un an plus tôt, sous les balles des djihadistes.

Il l'a enterré avec l'aide de deux copains. Un mètre de profondeur. C'était propre. Et puis il a été blessé. Maintenant, il est là, à dix kilomètres du front. Tout est si calme à Suruç. On distingue juste les colonnes de fumée s'élever au-dessus de Kobané. Il faut s'habituer à l'ambiance étrange dans les camps, entre l'insouciance des enfants qui jouent et le pas lourd des adultes. Et puis c'est lui, maintenant, qui doit jouer le rôle du « père ». Cette idée l'effraie davantage que les combats à Kobané.

Ce jour-là, à 16 h 17, des islamistes sont sans doute planqués dans les villages alentour. Ils attendent la bonne occasion pour kidnapper un journaliste trop aventureux. La rumeur a circulé autour du 20 octobre dans les rédactions parisiennes. Selon les « services », le risque était élevé. Plusieurs rédactions ont rappelé leurs reporters ou les ont empêchés de partir. Cibles privilégiées, les Occidentaux font très attention à ne pas partir à l'aventure. Cinq kilomètres, à l'ouest comme à l'est. Au-delà, c'est la roulette. « Tu vaux plus cher que moi », a rigolé Bulent.

Sur la colline, il y a aussi Wolfgang et Tianye. Des touristes. Ils viennent d'arriver. Wolfgang est allemand. Il vient de Chypre. Quarante euros le billet d'avion. Il a un look de surfeur, il semble excité, sourit, s'amuse, blague. Peut-être est-il mal à l'aise. En tout cas, il veut voir de l'action. Tianye, le Chinois, était en vacances, lui aussi. Il est plus silencieux, presque respectueux. On dirait qu'il entre dans une église.

Tous les deux veulent voir ce que c'est la « guerre », le « spectacle » de la guerre. Les bombardements. Ils viennent de payer une rallonge à leur guide touristique qui a peur et veut s'en aller.

Au même instant, un journaliste algérien prépare un direct pour Russia Today en arabe. Ce qu'on appelle un « plateau ». Le journaliste de Russia Today a enfilé son casque et son gilet pare-balles. Un Russe à côté de lui l'éclaire à l'aide d'un panneau réflecteur. Le Russe ne porte rien, ni casque ni gilet. Comme tout le monde ou presque. C'est du show. Dès que le direct s'achèvera, l'Algérien en sueur ôtera casque et gilet.

Il est 16 h 17 et, entre Kobané et la colline des journalistes, un champ de terre brûle sous le soleil. Dans ce champ roule un tracteur. Un fermier a décidé qu'il était temps de labourer. Qu'importe la mitraille. La terre n'attend pas.

Dans moins d'une seconde, la bombe va exploser sur Kobané. La fumée de l'explosion montera haut dans le ciel. Sur la colline, sur le toit de la mosquée, les Kurdes hurleront de joie. « Le YPG vaincra ! » Guljan, la petite fille sur sa balançoire, habituée, ne sursautera probablement pas. La colline des médias vibrera, les photographes prendront des photos, les reporters, des notes sur leur calepin. Les touristes crieront « waouh ». Tewfik se dira que les affaires continuent et penchera la tête un peu plus. Le soldat turc se pissera un peu sur le pantalon à cause du souffle de l'explosion et jurera. Les deux Mohammed seront morts et entreront peut-être en même temps au paradis, s'il existe. Et dans la cabine de son tracteur, le fermier ne tournera pas la tête. Il continuera simplement à creuser des sillons pour y semer son blé.

Sari

C'était une nuit d'automne, en Turquie, deux jours avant la seconde de Kobané. Dans un camp de réfugiés de Suruç, au bord de la frontière syrienne, un petit garçon dormait sous sa tente. Ça, je ne le savais pas. Moi, je m'étais bêtement enfoncé avec ma voiture de location dans les ruelles étroites de la vieille ville de Sanliurfa, à quelques kilomètres de Suruç. Je venais de l'aéroport, j'allais vers Kobané, je cherchais mon hôtel comme un damné et le GPS bas de gamme s'entêtait à me parler en allemand, langue dont je ne maîtrise pas trois mots. On m'avait prévenu que des djihadistes infiltrés traînaient dans la médina et je n'étais pas à mon aise. Je crevais de trouille, en fait. Avec sa voix d'actrice allemande, le GPS m'affirmait avec l'autorité affichée des machines que j'étais arrivé. Je n'étais pas arrivé. Je n'étais nulle part. J'étais punaisé dans les murs de la ville comme un vieux clou. Bloqué dans un labyrinthe de pierres millénaires. Un centimètre à droite, un centimètre à gauche. Impossible d'avancer ou de reculer. Je transpirais alors qu'il ne faisait pas chaud. Et puis Sari est apparu avec ses 26 ans, sa moustache taillée, son anglais parfait, ses blagues d'informaticien et l'un de ses amis.

Je me suis un peu méfié au départ. Qui était ce type ? D'où sortait-il ? Pourquoi voulait-il m'aider ? Il émanait de son visage ouvert une énergie sombre et une nonchalance bienveillante, il lâchait sans arrêt de petites piques joyeuses, se moquait de lui-même et de ma situation gentiment. « Je suis syrien. J'ai fuis Assad et Daech. Je suis arrivé en Turquie depuis quinze jours. Je n'ai pas de boulot. Je n'ai rien d'autre à faire. On était faits pour se rencontrer. » Ses saillies m'ont peu à peu détendu et ont fini par me convaincre qu'il n'était pas l'égorgeur déguisé en bon Samaritain de mes cauchemars, son humour était trop froid, un peu désenchanté, triste, pétri de cette autodérision que ne connaissent pas souvent les exaltés, les suicidaires et les nazis. Alors, comme n'importe quel Parisien quand il tombe sur un touriste dans le pétrin, il a pris deux heures de son temps pour m'aider, deux heures de manœuvre au millimètre pour sortir de ce piège.

Les ailes de la voiture ont un peu frotté les murs, l'embrayage a couiné, cela sentait le caoutchouc brûlé dans les boyaux de la médina. La scène valait le coup d'œil et d'ailleurs des passants n'en perdaient pas une goutte : de la marche arrière en côte, des centaines de manœuvres pour gagner quelques centimètres, Sari à ma droite qui traduisait les directives de son ami dehors, lequel faisait de grands gestes en moulinant des bras à la manière de ces types sur les ponts des porte-avions et moi, j'insultais en silence mon sens de la désorientation et je m'agrippais au volant, absolument certain de ne jamais parvenir à faire glisser ce chameau à moteur par le chas de cette aiguille de pierre. Pourtant, à force de patience, par miracle, nous sommes sortis. Quand on s'est éloignés, Sari m'a tendu son téléphone et m'a demandé de joindre sa copine réfugiée en Irak. Il avait manqué un rendez-vous Skype par ma faute. Je me suis exécuté sur-le-champ et, dans un anglais sentant bon le fromage, la baguette et le vin rouge, j'ai expliqué à sa petite amie que son homme avait en effet aidé un Pied Nickelé français à sortir d'un dédale où il s'était bloqué. C'était l'excuse la plus bidon du monde, mais elle y a cru ; elle y a cru parce qu'elle était vraie.

Le lendemain, j'ai invité Sari, sa moustache, son humour et son ami au restaurant pour les remercier. Il m'a demandé pourquoi on s'intéressait à Kobané, pourquoi l'Occident se focalisait sur cette ville kurde alors que la Syrie tout entière brûlait dans l'indifférence. Sauf les spécialistes, personne en France ne connaît la bataille de Deir ez-Zor, la ville natale de Sari. Elle se déroule depuis 2014. Une offensive de Daech, comme à Kobané, un combat indémaillable entre les forces loyalistes et les islamistes. Mais cette fois-ci, aucune frappe occidentale, pas de prise de conscience, pas de médias européens. Sari, lui, y était. J'ai soupiré. Il a souri.

Nos chemins se sont séparés ce soir-là. Je suis parti vers Kobané. Il est parti chercher un petit boulot. Nous nous sommes mutuellement ajoutés sur Facebook. J'ai flâné un peu sur son profil. Je n'y ai jamais rencontré une seule image de guerre. Juste des fleurs, de jolis paysages, des mots d'amour à peine codés pour sa dulcinée, et ce statut, ce message, régulier, adressé à ses proches depuis 2011 : « Je suis vivant. » Quelques mois plus tard, il m'a envoyé un petit mot. C'était le 8 janvier 2015, au lendemain des attentats de *Charlie Hebdo* : « *How are you my friend ? Take care !* » Sari, le réfugié syrien, s'inquiétait pour moi, le Parisien.

L'histoire aurait dû s'arrêter là. Sur le *MSC Cordoba*, juste avant d'arriver à Istanbul, je ne peux pas imaginer que je vais bientôt retrouver Sari. Je ne peux pas savoir que le petit garçon qui dormait dans un camp de Suruç voilà un an, quand Sari et moi sortions la voiture des dédales de la médina, va bientôt mourir sur une plage et changer le cours de nos vies. La publication de la photo d'Aylan, ce garçonnet de trois ans retrouvé sur la grève après avoir tenté d'atteindre l'Europe avec sa famille sur une embarcation de fortune, va bientôt provoquer un séisme. Elle me secouera. Elle secouera Sari. Elle bouleversera le monde entier.

Après avoir vu cette image, Sari décidera que lui aussi doit partir, quitte à mourir. Après avoir vu cette photo, moi, je le recontacterai de Paris par Facebook, impuissant et désemparé : « Comment vas-tu ? As-tu vu la photo ? As-tu trouvé du travail ? » Et Sari répondra : « Bonjour, mon ami. J'ai vu la photo. Non, hélas, je n'ai rien trouvé. J'ai décidé de tenter le "voyage de la mort" la semaine prochaine. Je suis totalement fauché, alors je vais aller en Grèce à la nage. » Je relirai deux fois pour bien comprendre son message. « Que veux-tu dire par "à la nage" ? Tu vas monter sur un bateau ? » Sari me répondra ces mots : « Non, je vais nager. Avec mes bras et mes jambes. » Il m'expliquera qu'il devra nager huit kilomètres pour rejoindre l'île de Kos, en Grèce. Il me dira qu'il n'a plus d'espoir, qu'il a tout tenté. « Si je meurs, raconte mon histoire. »

Sari ne mourra pas, et je raconte quand même son histoire. Après une longue discussion, il acceptera de ne pas se noyer à la nage et de tenter sa chance autrement. Je lui enverrai quelques questions par e-mail, pour en savoir davantage. Il y répondra aussitôt et je découvrirai un peu plus sa vie.

J'apprendrai que Sari a 27 ans aujourd'hui. Qu'il est né à Deir ez-Zor, à 450 kilomètres à l'est de Damas, et qu'avant la guerre, il travaillait comme contrôleur sur un champ de pétrole et finissait ses études d'informatique à l'université. Il me racontera qu'au début du conflit en Syrie, il a rencontré une fille à Alep avec laquelle il a décidé d'aider les gens en rassemblant des médicaments, de la nourriture et du lait pour bébé afin de les distribuer. Il me confiera qu'après plusieurs semaines, il a perdu soudainement contact avec son amie. Après deux ans de silence, par hasard, encore sur Facebook, il a découvert la photo de sa tombe. La date de sa mort était gravée sur la stèle. C'était le jour où Sari l'avait vue pour la dernière fois. La jeune femme avait été tuée par un sniper.

Sari m'expliquera qu'il a quitté la Syrie parce qu'une loi oblige les étudiants fraîchement diplômés à servir dans l'armée. Il ne pouvait plus repousser l'échéance et ne voulait à aucun prix rejoindre « une machine à tuer », lui qui se dit incapable de « tuer un petit oiseau ». Grâce aux conseils d'une cousine piégée à Raqqa, la capitale de l'État islamique, Sari a traversé sans encombre les territoires contrôlés par Daech. Il a suivi à la lettre ses recommandations : ne pas fumer, vider son téléphone portable de toutes ses photos, toujours obtempérer à leurs ordres. Et il a réussi à passer la frontière turco-syrienne.

J'apprendrai encore que sa mère, sa sœur et l'un de ses frères vivent toujours à Deir ez-Zor, qu'ils y sont bloqués, pris en tenailles entre Daech et les forces du régime, tandis que son frère aîné, Raghdan, docteur en apiculture, habite en Allemagne avec sa femme et ses deux enfants depuis trois ans. Il me dira que c'est aussi l'Allemagne qu'il espère rallier afin d'y reconstruire sa vie. Il m'expliquera qu'il communique avec sa famille et avec sa petite amie grâce à WhatsApp, Skype et Facebook. Internet, le dernier lien.

En quelques mots, sans me donner de détails, il me dira avoir déjà perdu beaucoup d'amis et de membres de sa famille depuis le début de la guerre. Il m'avouera ne pas penser un jour revoir sa ville, son quartier et, surtout, sa mère. Il me racontera son pire souvenir, quand un missile tiré d'un avion de chasse des forces loyalistes a détruit l'immeuble voisin du sien. Il attendait la mort avec toute sa famille. Elle a frappé à côté. Le pire, écrira Sari, c'est la mort, la mort sous toutes ses formes à laquelle les Syriens sont confrontés. Noyés, brûlés, gazés, enterrés vivants. J'aurai l'idée étrange de lui demander son « meilleur » souvenir et il me répondra par ces mots : « J'ai réfléchi pendant une demi-heure à cette question. Tu ne vas sûrement pas me croire. Je n'en ai pas. »

Il me racontera qu'après notre rencontre à Sanliurfa, il a ouvert un magasin de maintenance informatique avec un ami. Hélas, après sept mois, la boutique a été cambriolée. Vingt-sept ordinateurs portables volés en une nuit. Ruiné, Sari est parti à Istanbul pour essayer de retrouver un meilleur emploi. Il y a déniché un poste dans le tourisme. Il trimait quinze heures par jour, sept jours sur sept, payé soixante-cinq euros par semaine, sans espoir d'envoyer un peu d'argent à sa famille en Syrie.

Sari me dira encore qu'il pense tout le temps à sa famille, à sa copine : « Ils sont tout ce qu'il me reste. » Quand je lui demanderai ce qu'il y a de plus difficile dans sa vie de réfugié, il me répondra « le mot "réfugié" lui-même ». En Turquie, ce mot l'oblige à travailler comme un fou pour un salaire de misère, ce mot l'emprisonne, le cadenasse, lui dénie un cerveau, des sentiments, un cœur, lui ôte sa dignité d'être humain. Sari était prêt à partir à la nage pour redevenir un homme en Europe, pour tenter sa chance, quitte à mourir en essayant. À la réflexion, il trouvera quand même dans sa mémoire un souvenir rigolo pendant toutes ces années. « À Sanliurfa, un GPS pourri a amené un journaliste français devant ma maison qui était censée être son hôtel. »

Après notre longue discussion sur Facebook, il tentera finalement la traversée en bateau. Il arrivera au point de rendez-vous secret un mercredi à 5 heures du matin. Les passeurs seront turcs, syriens, irakiens. Ils seront armés, traiteront les réfugiés comme des brutes, hurleront, jureront, frapperont. Plus de trois cents candidats au grand voyage se presseront autour de Sari ce jour-là. Des Irakiens, des Syriens, des Afghans, des Pakistanais, des Ouzbek, des Kazakhs et des Libanais. Peut-être, parmi eux, se trouvera le Hazara de Bamyan au menton volontaire et aux yeux noirs qui me demandait si les Français savaient qu'il existait.

Avant le départ, les passeurs jetteront la plupart des sacs et des valises dans la forêt et dans la mer. Sari sauvera les siens. Il embarquera avec quarante-sept hommes et femmes, trois enfants et deux bébés dans un canot noir en caoutchouc de neuf mètres de long équipé d'un petit moteur. Les bouées de sauvetage ne seront pas autorisées à bord, juste les gilets. Dans le chaos, les réfugiés embarqueront à 17 h 45 ce mercredi de septembre. Ils s'entasseront comme ils pourront dans l'espace minuscule, tous terrorisés et conscients des risques encourus. Peu sauront nager. Par bonheur, un bon navigateur prendra les commandes du canot de Sari : un Pakistanais. Ce jour-là, d'autres réfugiés n'auront pas cette chance. Des canots mal conduits se rempliront d'eau, d'autres se retourneront à cause des déséquilibres provoqués par les mouvements de panique et la surcharge. Trois personnes périront. À bord de son bateau, Sari sera nommé « *team leader* » et traducteur. Il tremblera pendant toute la traversée et puis, épuisé nerveusement, il débarquera dans la nuit, à 19 h 55, sur l'île Lesbos, où lui et ses compagnons d'infortune seront accueillis par des bénévoles grecs qui leur offriront des habits, des fruits et de l'eau. « *I made it my friend !* » m'écrira aussitôt Sari.

Après cette première épreuve, il prendra un ferry depuis Lesbos pour Athènes, voyagera en bus à travers la Macédoine, la Serbie, la Hongrie, il aura des nuits hachées, sans rêves, assis sur les sièges des bus, il marchera en groupe pour traverser clandestinement les frontières, il vivra des instants d'abattement dans le froid et sous la pluie, de désespoir en Autriche quand il sera rattrapé par les forces de l'ordre et interné dans un camp, et l'espoir reviendra quand il sera transféré en Allemagne, quand il retrouvera son frère Raghdan qu'il n'avait pas vu depuis trois ans, lorsqu'il s'habillera de vêtements neufs, ira se faire raser et rentrera avec lui à Stuttgart pour s'endormir entre des draps frais sous un ciel sans bombes.

Si le soir où j'ai quitté Sari pour aller vers Kobané, j'avais croisé sur ma route une chiromancienne aux yeux fardés de khôl, si elle avait lu l'avenir dans mes mains et si elle m'avait dit qu'un petit garçon en train de dormir sous une tente à Suruç allait bouleverser ma vie et celle de Sari, j'aurais éclaté de rire, j'aurais crié au fou et Sari aurait réagi de la même façon. Non, nous ne pouvions pas deviner que ce petit garçon de trois ans nommé Aylan allait, par un tragique concours de circonstances, en perdant la vie, sauver celle de Sari.

Le voleur de tristesse

Je bougonnais, tout seul, à la terrasse de mon café. La révolution battait son plein en Tunisie et moi, comme j'avais du nez, alors que l'histoire s'écrivait de l'autre côté de la Méditerranée, j'étais parti en Grèce, à la rencontre de cette génération sacrifiée, surdiplômée et payée 700 euros par mois. Dans les rues pleines de magasins fermés et constellées de graffitis et d'affiches désenchantés (« Je tourne le dos au futur »), j'avais rencontré beaucoup de jeunes Athéniens désespérés, comme ce thésard en biologie moléculaire. Il était garçon de café et son salaire horaire ne lui permettait pas de se payer les cappuccinos qu'il servait en terrasse (4,50 euros). J'étais épuisé par le malheur des autres, projeté d'une tête à l'autre par le miracle de l'interview, la tête fardée de témoignages tristes, désemparés. Dans un parc, au cœur du quartier d'Exarchia, lieu symbolique situé à quelques mètres du coin de rue où Andreas

Grigoropoulos, un lycéen de 15 ans, fut abattu par un policier lors d'un affrontement en marge des manifestations, le 6 décembre 2008, déclenchant un mois de violences urbaines, j'avais rencontré Dora et Angeliki, deux jeunes femmes habillées de noir de pied en cap. « Si tous les jeunes quittent la Grèce, le pays va mourir », avait dit Angeliki en grattant une allumette. Dori lui avait répondu sans la regarder : « Je m'en fous. La civilisation est née en Grèce, elle y mourra. »

Devant l'entrée de l'école polytechnique, institution et symbole du mouvement démocratique qui renversa en 1974 la dictature des colonels, en pleine interview sur le trottoir, j'avais aussi vu une trentaine de jeunes hommes dévaliser en quelques minutes un magasin d'informatique. Ils étaient habillés de noir, portaient tous des casques de moto et étaient armés de battes de base-ball.

J'étais en train de finir ma bière quand un cracheur de feu britannique qui faisait la manche entre deux rasades d'alcool à brûler s'est approché de ma table. Il m'a demandé si je connaissais la théorie des 5 H, les cinq secrets de la vie, les cinq secrets du bonheur et, sans attendre ma réponse, a posé son poing fermé sur ma table de bistrot. Sur chacun de ses doigts était tatoué un H. D'un ton sentencieux, il a alors récité en posant son index sur chacun des H tatoués : « Happiness, Health, Hope, Heart. » Il a ménagé un petit effet d'attente avant de proclamer, l'index sur le petit doigt : « Help me ! »

J'ai ri de bon cœur, je lui ai payé une bière et puis nous avons été rejoints par une tignasse brune et des yeux tristes, Spyros, poète de 24 ans avec qui j'avais rendez-vous et qui allait changer mon point de vue sur la Grèce et, d'une manière générale, sur la vie.

Guitariste professionnel, Spyros a longtemps vécu à l'étranger, il est revenu à Athènes juste au début de la crise alors que tous les autres jeunes de son âge ne rêvaient que d'une chose : partir. « Quand on est musicien, c'est toujours la crise, tu sais. Moi, je suis au bout de la chaîne alimentaire, alors ça ne change rien. » Il a balayé d'un regard la terrasse vide : « Les gens ne sortent plus pendant la semaine, ce n'est pas un comportement de Méditerranéens. Beaucoup de Grecs sont en dépression. Ils sont dénaturés. Nous sommes en guerre contre nous-mêmes, contre ce que nous sommes profondément, de beaux parleurs, généreux et sans un gramme de sens du bien commun. On ne peut pas s'adapter aux impératifs économiques du système capitaliste sans nous renier. Entre vivre ici en étant pauvre et vivre ailleurs en étant riche, j'ai choisi. Soixante euros par jour, ça me suffit. Je n'achète rien de toute façon. »

Spyros a fait le choix opposé à celui des marins *MSC Cordoba*. Le cracheur de feu britannique a fini sa bière en opinant du chef, bien d'accord avec lui. On l'a salué et puis Spyros m'a guidé à travers un dédale de rues étroites qui débouchaient sur un parc arboré dans les hauteurs d'Athènes. Il s'est installé là, dans un endroit un peu isolé, au pied d'un arbre, pour jouer sa musique et gagner sa vie. Je lui ai fait remarquer qu'à cinq cents mètres de là circulaient bien plus de touristes : « Je m'en fous, ici, j'ai une meilleure vue sur l'Acropole. »

Toutes les cinq ou dix minutes, des passants lâchaient une pièce dans l'étui de guitare de Spyros, la plupart du temps des femmes, de tous les âges, quasiment jamais d'hommes. Soudain, un air traditionnel et lancinant s'est élevé des doigts de Spyros et les pièces sont tombées plus nombreuses et plus régulièrement dans l'écrin de sa guitare. À la fin de son morceau, l'œil brigand, Spyros m'a confié son secret : « C'est un air que les Grecs aiment écouter quand ils sont tristes ou désespérés. Ça marche à tous les coups. J'ai un peu l'impression de voler quand je fais ça. »

Sur le cargo *MSC Cordoba*, je revis chaque jour la leçon apprise auprès de Spyros : renoncer à l'efficacité pour profiter de la beauté. Ne pas courir partout sur le navire afin d'en connaître chaque recoin. Juste s'asseoir sur le pont et regarder la mer danser dans les lueurs du couchant sans plus penser à rien. Et puis, de temps en temps, parce qu'il faut bien raconter la réalité, jouer au brigand, voler un peu de tristesse aux marins autour d'une bière, avant de s'affaler sur la banquette du mess et de rigoler ensemble devant un film de vampires.

JOUR 10

ISTANBUL

J'ai du mal à marcher. Les rues d'Istanbul tanguent. Je suis épuisé de voir autant de nouveaux visages, de couleurs. Autour de la place Taksim, la houle humaine me ballotte à gauche, à droite. Elle s'insinue dans la moindre ruelle jusqu'aux rives du Bosphore et rejette ses ordures partout, par terre, dans l'eau. D'ordinaire, j'aime la pagaille et le désordre des rues animées, mais, pour la première fois, je vois la foule d'un sale œil, c'est un animal, un virus qui vibrionne et gangrène l'espace qu'il envahit, je me sens mal, je fuis, j'ai besoin de silence pour me réaccoutumer aux gens, j'ai besoin de temps.

Je trouve un peu de sérénité entre les murs blancs de ma chambre d'hôtel. Je m'allonge sur mon lit mouvant. Je regarde le plafond fixement. J'ai chaud. Le vent me manque. Je n'ai pas encore eu la force de rebrancher mon téléphone. Je dois quand même vérifier quelque chose sur Internet. Je me reconnecte et je tape « Francisco Hernández de Córdoba ». Je lis.

« Né en 1475, mort en 1517 à La Havane, le conquistador espagnol fut envoyé en expédition par le gouverneur de Cuba, Diego Velasquez de Cuéllar, le 8 février 1517. Il découvrit le Yucatán et la civilisation maya. Durant ce voyage, raconté par Bernal Diaz del Castillo, la moitié des soldats furent tués et l'autre moitié blessés. Gravement touché, Cordoba mourut peu après son retour à La Havane. »

Je coupe immédiatement. Le poison est tentant, mais j'y résiste encore un peu en pensant au *MSC Cordoba* qui, à cet instant, appareille pour Felixstowe, en Grande-Bretagne.

Il me faudra sans doute quelques jours pour redevenir un terrien, réapprendre à marcher sur un sol immobile, renouer avec l'« à-peu-près » de ceux qui vivent à terre. Tout à l'heure, Arian, l'hôtelier, m'a demandé combien je voulais payer pour la chambre. Je lui ai répondu que ce n'était pas à moi de donner le prix d'une chambre, mais bien à lui. Il a été étonné par ma réaction. Je n'ai pas compris qu'il voulait simplement marchander un peu et me pousser à payer en liquide. Je sors d'un monde ordonné, réglé, sans tricherie, sans chemin de traverse où il y a une place pour chaque chose et où chaque chose est à sa place. Si en mer, un compas n'est pas là où il doit se trouver, le bateau finit par couler. Et cette bulle d'harmonie vient de crever. Le liquide amniotique se déverse à mes pieds. Il faut respirer l'air vicié de la ville à pleins poumons, hurler en silence et renaître à la terre autant qu'aux hommes, ces grands primates que je hais à cet instant et que je chérirais de nouveau dans quelques heures, pour leurs failles, leur inconséquence, leurs paradoxes, leur grandeur et leur bassesse, le miroir qu'ils me renvoient à chaque instant au visage. La nostalgie du vide va peu à peu s'estomper. Je pense à Ruben, à Angelo, à ces marins qui ne rentrent qu'après six mois de silence. Je ne suis pas un marin, juste un terrien contaminé par l'océan. Il est temps de revenir à la maison, c'est une évidence, il est temps de retrouver les miens.

Dans mon cargo intérieur, j'ai laissé quelques conteneurs scellés. On ne peut pas tout ouvrir d'un coup, il faut s'économiser, attendre d'autres traversées, d'autres escales. Une chose est sûre : le conteneur tout neuf du *MSC Cordoba* est bien garni. Maïté s'y trouve assise à côté du capitaine Angelo au mess des officiers. En chaussettes trouées, Ramis sourit en servant les plats mitonnés par Jijil, encore aux fourneaux, lunettes rondes sur le bout du nez et muscles ciselés cachés par un tablier blanc. Glenn, le surfeur hawaïen, tient en main une raquette de ping-pong, Dino, une gigantesque clé anglaise. Il vient de bloquer l'horloge du gymnasium. Ruben est penché sur une carte marine, l'ombre de Kim Jong-il glisse sur la passerelle et, tout autour, l'équipage en rouge de travail s'affaire sur le cargo qui fend l'écume tandis que des dauphins jouent dans son étrave. Je les regarde tous une dernière fois et je referme la boîte précautionneusement, mais sans tristesse. Une grue la soulève comme une plume de poussin et la glisse au fond de mon crâne. Je sais qu'ils seront désormais toujours là, et que je n'aurai qu'à fermer les yeux pour les faire réapparaître. Tout est possible, en dedans.

Tout à côté, d'autres conteneurs vides attendent que la vie les remplisse. D'autres histoires, qu'on veuille bien se donner la peine de les vivre. Il faut quitter l'hôtel, héler le taxi, prendre l'autoroute, débouler à l'aéroport. Il faut rentrer. Magie de l'aéronautique, dans une poignée d'heures, je serai à Paris, chez moi, et bientôt, dans quelques semaines, je sais que je sentirai de nouveau ce picotement dans les papilles, cette irrépressible envie de s'échapper, de vibrer, ce goût du large. Je ne sais pas si ce voyage m'a transformé. Je sais juste que ce conteneur de plus caché dans ma mémoire ne m'alourdit pas. Je me sens même plus léger. À l'aéroport, dans la file pour valider mon ticket, j'écoute dans mon vieux casque « Coming Home » de Leon Bridges. À la fin du morceau, je m'entends respirer. Je suis vivant. Je suis à ma place. Je suis sur la vague. Je rentre.

Istanbul, le 22 juillet 2015.

REMERCIEMENTS

Merci à Frédéric Sauvadet, de Mer & Voyages, et à Éric Aubourg.

Table

UN AUTRE REGARD, HUMANISTE, SUR LE VOYAGE

TOURISTE

JULIEN BLANC-GRAS

N° 32993

Certains veulent faire de leur vie une œuvre d'art, je compte en faire un long voyage. Je n'ai pas l'intention de me proclamer explorateur. Je ne veux ni conquérir les sommets vertigineux, ni braver les déserts infernaux. Je ne suis pas aussi exigeant. Touriste, ça me suffit. Le touriste traverse la vie, curieux et détendu, avec le soleil en prime. Il prend le temps d'être futile. De s'adonner à des activités non productives mais enrichissantes. Le monde est sa maison. Chaque ville, une victoire.

« HOMME LIBRE, TOUJOURS TU CHÉRIRAS LA MER... »

TABARLY

BENOÎT HEIMERMANN

N° 15494

De Tabarly, on croit tout savoir. Ses silences interminables et ses sentences appuyées. Sa force tranquille et son caractère entier. Ses transats de légende et ses indémodables Pen Duick. *Mais encore ? Au fil d'une centaine d'entretiens – avec ses proches, ses amis ou ses équipiers –, au terme d'une enquête minutieuse, Benoît Heimermann fait la part belle au mythe, mais pas seulement. Page après page, sa biographie s'évertue à privilégier l'homme plutôt que le héros. Elle rapporte le destin d'une légende mais aussi celui d'un enfant mené à la baguette, d'un amoureux transi, d'un piètre financier, d'un conservateur dans l'âme. Surtout, elle révèle un exemple. Authentique et inimitable. Qui, dix ans après sa disparition en mer d'Irlande, le 12 juin 1998, invite tout autant qu'il oblige.*

PAPIER À BASE DE FIBRES CERTIFIÉES

Le Livre de Poche s'engage pour l'environnement en réduisant l'empreinte carbone de ses livres. Celle de et exemplaire est de :
850 g éq. CO_2
Rendez-vous sur www.livredepoche-durable.fr

Composition réalisée par Belle Page

Achevé d'imprimer en décembre 2015 en Italie par
Grafica Veneta
Dépôt légal 1re publication : janvier 2016
LIBRAIRIE GÉNÉRALE FRANÇAISE
31, rue de Fleurus – 75278 Paris Cedex 06

27/4285/9